© Copyright 2021 FB Romans (18) – Florence Barnaud Tous droits réservés

Dépôt légal : avril 2021
Première édition : avril 2021

Impression : BoD – Books on Demand,
12/14 rond-point des Champs-Élysées,
75008 PARIS
Imprimé par BoD – Books on Demand, Norderstedt

ISBN : 9782322200917

***

Couverture : Ouroboros Design (Sheila17 – 99 Design)
Correction : Florence Clerfeuille

Ce livre est une fiction. Toute référence à des événements historiques, des comportements de personnes ou des lieux réels serait utilisée de façon fictive. Les autres noms, personnages ou lieux et événements sont issus de l'imagination de l'autrice. Toute ressemblance avec des personnages vivants ou ayant existé serait totalement fortuite.
Les erreurs qui peuvent subsister sont le fait de l'autrice.

Aux origines de *Sangs éternels*

Ismérie

Florence Barnaud

« Pour jouer,
l'homme dispose avant tout de lui-même.
Dès l'origine, il est son propre instrument. »

Jean-Louis Barrault

1 – La vie est belle

Blancafort, 1898...

C'était le jour de la Saint-Jean. Cette fin juin était particulièrement chaude. Enfin, chez les autres, parce que chez moi, c'était le paradis sur terre grâce à ma magie. La brise soufflait tranquillement cet après-midi-là, rendant l'ombre de l'arbre bien agréable. J'étais installée sur une couverture, avec mes petites chéries pour la sieste. Mes filles devaient être en forme pour ce soir. Elles prendraient contact avec la magie du feu.

Pour parfaire cet éden magique, j'ajoutai la rune de l'eau à celle de l'air afin d'amplifier la fraîcheur. Mireille, ma petite dernière, avait du mal à dormir. Elle babillait en observant les effets de mon don, pendant que ses deux grandes sœurs dormaient comme des marmottes, leurs cheveux roux entremêlés les uns dans les autres. Ce petit bébé était une source du don hors du commun. Elle ferait une magnifique sorcière, la plus puissante de mes trois filles. Aujourd'hui, je devais lui enlever la magie noire, comme je l'avais fait à mes autres filles. Je restais persuadée qu'on pouvait vivre uniquement avec la magie blanche, celle qui servait la vie ; j'en étais convaincue.

Nous naissions avec les deux versants. Cependant, je tenais à laisser un héritage de bienveillance grâce à la magie blanche. Je venais d'une lignée de grandes guérisseuses. J'avais décidé de ne jamais utiliser mon côté obscur, même s'il était tout aussi puissant. À chaque utilisation, il vous prenait un peu plus de vie, celle du jeteur de sort ou d'une proie vivante. Bien sûr, vous obteniez plus facilement ce que vous vouliez. Pour ma part, c'était trop cher payé, je respectais toute vie. Alors, j'en faisais abstraction. Je voyais déjà les dégâts sur ma sœur Claudine. Sorcière de peu de pouvoir, à laquelle seul le côté sombre parlait. Elle ne faisait pas non plus beaucoup d'efforts, il fallait bien l'avouer, s'adonnant à la facilité. Le don se travaillait, puis se cultivait. Il est vrai que le côté blanc était le plus difficile à travailler.

Ma mère et moi étions la preuve que l'on pouvait délaisser totalement la magie noire. Je devais l'enlever à Mireille rapidement car elle émettait déjà des sortilèges par inadvertance. Après cette petite manipulation, je la laisserais jouer tranquillement avec le don et découvrir tout son soûl.

Mireille jouait avec ses pieds nus en me regardant de ses grands yeux bleu glacier. Ce serait probablement celle de mes filles qui me ressemblerait le plus à tout point de vue. Je nous enveloppai toutes les deux d'une protection afin que Louise et Angélique ne soient pas touchées par mon sortilège. Elles n'avaient déjà plus que la magie blanche.

Une pointe de doute s'insinua en moi. Je la fis taire immédiatement. Je ne voulais que le bien. Le cosmos comprendrait.

Les yeux rivés dans ceux de Mireille, je commençai à psalmodier. Ma fille élargit son sourire davantage. Elle aimait la magie.

— J'invoque l'énergie de l'enchantement... J'invoque l'énergie des Anciens... Puissiez-vous renforcer notre magie...

Tout brillait derrière mes yeux... J'étais éblouie de cette magnificence.

— J'invoque la puissance du cosmos...

Je cherchai les parcelles de magie noire dans mon bébé. Leur noirceur apparut sous mes yeux en quantité égale avec la magie blanche. En cet instant, cette petite sorcière était le parfait équilibre.

— Puissiez-vous purifier les cellules de Mireille afin que seule la magie blanche puisse y vivre....

Je dessinai mentalement les runes d'absorption et d'obscurité afin que la magie noire sorte de ma fille. Elle repartirait dans le cosmos et serait recyclée d'une manière ou d'une autre.

— J'invoque toutes les énergies créatrices... Puissiez-vous remplir ses parcelles de cellules de l'énergie de l'amour de la vie, de la santé, de la protection, de la stabilité, l'harmonie...

Je pensai à toutes les runes bienfaitrices que j'utilisais pour faire le bien autour de moi. J'observai ses cellules en train de se vider et se remplir dans la foulée de ma magie blanche scintillante. Elle brillait sous mes yeux.

— Puissiez-vous me permettre d'atteindre mon but...

Je bouclai sur cette litanie jusqu'à ce que chaque parcelle de magie noire ait disparu de Mireille à tout jamais.

Je terminai mon incantation en me connectant à toute la gratitude que je pouvais puiser en moi. Je promis à l'univers de toujours faire le bien des autres et des miens, de toujours les faire passer avant moi. Je n'étais qu'au service du cosmos.

— Je te remercie avec respect et gratitude, ô énergie de l'amour de la vie... Je te remercie avec respect et gratitude, ô énergie des Anciens... Je te remercie avec respect et gratitude, ô puissance du cosmos... Je vous remercie avec respect et gratitude, ô énergies créatrices... Que cet instant de privilège retourne à l'énergie du cosmos... Que je sois meilleure ici, comme ailleurs, humble servante...

Je baissai la tête, toujours en communion avec mon bébé et la magie. La brise s'apaisa. Un bonheur intense monta en moi. Mireille s'était endormie.

J'observai le ciel, un sourire bienheureux aux lèvres, les yeux scintillants, remplie d'harmonie d'une mission accomplie. Je m'endormis.

La nuit tombait. Mireille sur la hanche, je marchais à côté de mon mari. Ce dernier donnait la main à mes filles. Nous avancions vers ma mère au milieu du champ prêt pour fêter la Saint-Jean. Ce soir, j'illuminerais nos terres de la magie pour éloigner le mauvais temps et ainsi favoriser les cultures du village.

Sur notre passage, tous nous saluaient d'un signe de tête. Ma mère et moi, nous les avions tous aidés d'une manière ou d'une autre. Que ce soit pour les naissances, les maladies des humains, de leurs bêtes ou de leurs cultures, nous avions toujours quelque chose à proposer. Je ne demandais jamais d'argent. En échange, les villageois nous garantissaient toutes sortes de denrées dont nous pouvions avoir besoin, des vêtements pour mes petites car je n'avais pas le temps de coudre, de la main-d'œuvre sur nos terres.

Ma mère était sublime, près du monticule à faire brûler. Je discernais ses sorts de protection posés afin de garantir la prospérité sur notre communauté.

— Ismérie, ma chérie, tu es resplendissante, m'accueillit-elle.

— Merci, maman.

Nous nous embrassâmes chaleureusement. Arrivée à Mireille, elle fronça les sourcils.

— Tu as recommencé, Ismérie, me sermonna-t-elle.

D'un seul coup d'œil, elle savait que Mireille n'avait plus une once de magie noire, tout comme mes deux autres filles. Tout comme moi, ma mère avait la particularité de voir la magie s'illuminer sous ses yeux.

— Tu sais que je ne pense qu'à faire le bien, maman.

Elle m'observait, dubitative.

— Pourvu que tu aies raison, ma chérie.

Tandis que j'étais une fervente de la magie blanche, ma mère était une fervente de l'équilibre. Pour elle, tout avait sa place dans l'univers et l'harmonie ne devait pas être rompue. C'était le seul point de désaccord que nous avions.

— Que se passe-t-il ? demanda mon mari.

— Rien d'important, Albert, tenta de le rassurer ma mère.

Il me regardait avec amour, se demandant encore ce que j'avais pu faire.

— Elles ne pourront pas se laisser aller à la facilité comme Claudine, dis-je avec fermeté.

— Chacun doit choisir sa vie, ma fille, et ce qui le motive.

Je reconnaissais la bienveillance maternelle. Elle n'était qu'amour et aimait tout autant ses deux filles. Pour ma part, j'avais arrêté d'aider Claudine. Elle ne voulait plus rien de moi, même pas que je soigne ses bêtes. La jalousie la rongeait ; bientôt, il ne resterait plus que malfaisance chez elle. Elle m'avait même refusée lors de la naissance de son petit garçon. Je n'avais toujours pas le droit de l'approcher. Nous en avions rarement dans notre lignée. Actuellement, elle attendait un autre enfant.

Je l'observais du coin de l'œil. Elle tenait son ventre rebondi. Son enfant naîtrait bientôt. Sa grimace naturelle était plaquée sur son visage. Tout comme sa magie, elle ne voyait que le mauvais côté des choses. Je me détournai en soupirant, désabusée par sa façon de penser.

— Venez avec mamie, mes chéries. Nous allons laisser travailler votre maman.

Elle entraînait mon mari avec elles.

Des feux autour de nous donnaient une ambiance chaleureuse. Le mouton tournait sur la broche. Bientôt, les musiciens prendraient place et les danseurs s'élanceraient. Ils n'attendaient qu'une chose : que j'allume le feu de la prospérité afin de nous garantir encore une belle année d'abondance dans les cultures, l'élevage et la santé. Je débordais de gratitude et remerciais le cosmos de m'offrir autant.

Souriant, le maire du village m'apporta un flambeau allumé.

— Voici, Ismérie. Il te revient, puisque ta maman te passe le relais cette année. Merci pour tout ce que vous amenez sur notre communauté.

Je le remerciai, les larmes aux yeux. C'était une grande preuve de confiance et de reconnaissance. Nous n'étions pas vraiment considérées comme des sorcières. Ce mot était tabou. D'ailleurs, beaucoup de mes ancêtres avaient péri dans d'atroces souffrances, noyées ou brûlées vives sur un bûcher. Alors, nous cachions précautionneusement nos dons. Nous parlions de nous en tant que guérisseuses. L'acceptation de notre pouvoir hors du commun nous amenait un certain statut dans cette région superstitieuse.

Le maire me salua avec respect et recula. Quand il leva le bras, le silence s'étendit autour de moi. Une légère brise caressait mon visage. Cela sentait bon les herbes sèches et les bois coupés. Je m'approchai du tas que j'allais enflammer. Je posai ma main dessus et demandai au cosmos s'il manquait quelque chose. En tant qu'humble servante, j'écoutais toujours.

La rune de la fécondité m'apparut. Je la dessinai mentalement et l'ajoutai à celles que ma mère avait posées. Une fois certaine que l'équilibre était parfait, j'abaissai le flambeau sur ce bûcher rempli de magie pour protéger nos terres. Ce bout de bois n'était là que pour camoufler mon pouvoir. Je me concentrai et une boule de feu sortit de ma main pour embraser tout ce bois. Je jetai le flambeau et reculai.

J'invoquai les énergies créatrices afin qu'elles réalisent tous les sortilèges. Je levai les bras pour inviter les flammes à grandir et envelopper ce bûcher magique. Je voyais les runes des sortilèges s'élever. J'invoquai l'air afin de créer un léger tourbillon qui inonderait tous les environs de Blancafort. Je voyais les sortilèges se déplacer là où le besoin les appelait. Je sentais la magie de ma mère s'associer à la mienne pour grandir et assurer le phénomène. Puis, tout à coup, la magie de mes filles s'éveilla et s'unit à la nôtre. Même celle de Mireille. La magie blanche m'illumina. Le feu crépitait. Les flammes s'élevaient encore plus haut, plus loin, emportant les sortilèges.

J'étais pleinement heureuse. Nous dansâmes une partie de la nuit. Quand j'eus mal aux pieds, Albert m'invita à rentrer.

Nous nous endormîmes vite cette nuit-là. Des images de feu follet tournaient dans ma tête.

J'avais chaud comme jamais. Je transpirais à grosses gouttes. Soudain, je m'assis dans mon lit, l'esprit embrumé. Cependant, une chose était claire, je devais boire. Ma gorge était tellement sèche que j'en étais irritée. Autour de moi, toute ma famille dormait paisiblement. Je sortis en chemise de nuit et pieds nus. Je ne compris pas bien pourquoi je ne m'arrêtais pas dans la cuisine pour boire l'eau du pichet. Non, je me sentais obligée d'aller dehors. Je devais me rafraîchir avec l'eau du puits. Cette dernière n'attendait que moi. C'était la seule qui pouvait étancher ma soif, soulager ma gorge. Je ne prêtai pas d'attention à ces idées confuses.

Alors, sans y penser davantage, je m'exécutai. Je me dirigeai vers notre puits où l'eau serait agréablement fraîche et salvatrice. Je laissai le seau descendre au bout de la corde pour se remplir de ce nectar divin. J'étais comme hypnotisée à observer l'eau miroiter sous le clair de lune. Une fois que j'entendis que le seau était plein, je tournai la manivelle pour le remonter. J'étais avide de boire. Mon impatience était si forte que j'étais à deux doigts de sauter dans cette cavité pour éteindre ce feu intérieur. J'avais tellement chaud que c'était plus que tentant. Je pourrais m'enivrer directement à la source et éteindre cette combustion.

Je levai le pied pour le poser sur le rebord. Puis, je pris appui pour m'élever et passer l'autre jambe. Tout à coup, je fus tirée en arrière. Ma tête bascula et une douleur horrible déchira mon cou.

Je suffoquais, mon sang me quittait. Qui pouvait avoir autant de force, bouger avec une telle rapidité et dévorer des humains ? Cela ne pouvait être qu'une bête énorme. J'eus un sursaut de jugeote m'indiquant que nous n'avions pas de prédateurs dans la région. Pourtant... J'ouvris la bouche pour hurler ma souffrance. Je n'en eus pas l'occasion. Sans que je m'en rende compte, j'avais fait demi-tour comme une poupée de chiffon. J'eus à peine le temps d'apercevoir deux yeux fiévreux que deux crocs plongèrent à nouveau dans mon cou.

2 – Soif de sang

Horrifiée d'avoir un vampire accroché à la gorge, je sentais la vie me quitter à petit feu. Mes jambes chancelaient et ce vampire en profitait pour me traîner je ne sais où. Les vertiges me gagnaient. Je tentai de faire appel à ma magie, mais cette dernière me fuyait. Mon esprit n'arrivait plus à dessiner des runes pour me protéger et repousser cette sangsue. J'étais effrayée à l'idée de mourir. Mes filles et mon mari s'emparaient de mon esprit tandis que tout devenait blanc autour de moi.

Tout à coup, je tombai sur le dos. Mon souffle fut coupé net. Une pierre me fracassa quelques côtes. L'air quitta mes poumons ; impossible de crier, même si des alarmes retentissaient dans tout mon corps. Cette bête sanguinaire avait dû me balancer dans un fossé.

Au moment où j'eus la lucidité de fuir, la sangsue me sauta à nouveau dessus, s'abreuvant de nouveau à ma jugulaire. Les yeux écarquillés, impuissante, je voyais le cosmos tourbillonner autour de moi de plus en plus vite.

— Sorcièèèrrre ! s'écria soudain mon bourreau

en me tombant dessus.

Il était temps qu'il s'en rende compte. J'avais tellement bien caché ma vraie nature qu'il m'avait quasiment entièrement bue. L'énergie vitale m'avait fuie. Ma survie n'était plus acquise. Mes yeux papillonnaient pour se clore à jamais. J'avais beau lutter, impossible de m'accrocher à la vie.

Le vampire suffoquait, penché sur mon corps mortellement blessé. Dans un sursaut d'énergie, j'ouvris grand les yeux. Les siens étaient exorbités. Sa peau se perçait comme une passoire.

Tout à coup, une goutte de son sang tomba sur mes lèvres. Par réflexe, j'y passai ma langue. La texture épaisse était sucrée. Ce goût sirupeux me donna un coup de fouet. Mon instinct de survie se réveilla. Une soif phénoménale me saisit. Ma gorge fut avide de ce breuvage d'éternité. Il m'en fallait plus. C'était ma seule chance de survie. Je n'arrivais plus à réfléchir et j'étais bien incapable de mesurer les conséquences d'une telle folie. La seule chose qui m'obsédait en cet instant était ma vie. Au fur et à mesure que la peau de cette sangsue se perlait de sang qui tombait sur moi, je tentais d'en saisir la moindre goutte. Ce vampire était sacrément mal en point. Il commençait à gémir de souffrance. Plus son sang coulait sur mon visage et plus j'en voulais. J'étais horrifiée par ma soif. Les vampires étaient des espèces de l'ombre. La magie noire en moi se réveillait pour attiser mon besoin, comme si elle reconnaissait cette obscurité. J'étais totalement hors de contrôle.

Soudain, j'eus assez de force pour m'agripper à mon vampire. Étant trop faible pour réagir, ce dernier tomba sur moi. Son cou se posa divinement en contact avec ma bouche. Ma langue léchait sa peau malgré moi, malgré l'horreur de la situation. Ma magie blanche m'alertait, mais ma vie réclamait de perdurer.

L'énergie vitale quittait cette sangsue et je sus immédiatement que c'était maintenant ou jamais. Je mordis à pleines dents dans son cou. N'ayant pas de crocs, je déchirai sa chair telle une cannibale pour m'abreuver de la moindre goutte de son hémoglobine. Comme ce vampire se liquéfiait littéralement, mes gorgées peinaient à suivre le rythme. J'avais beau boire de tout mon soûl, j'en perdais tout autant.

Je fus surprise de trouver cette boisson vermeille si bonne. Un goût de miel me chatouillait le palais, me ravissant les papilles. J'étais insatiable.

Le vampire était totalement affalé sur moi, maintenant. La pompe qui poussait son sang ralentissait de plus en plus. Mais moi, j'étais si avide que je n'en laissais échapper aucune goutte. Mon humanité me quittait. Mes dons de sorcière s'éteignaient. Ma magie noire dansait autour de moi en volutes ensorcelantes. Je savais que je me transformais. Je tombais petit à petit dans une léthargie irrésistible. Là aussi, impossible de lutter. Mes yeux papillonnaient à nouveau.

Soudain, mon ventre se crispa. J'eus tellement mal que je lâchai le vampire. La nausée était trop forte. Je repoussai ce corps qui m'écrasait.

J'essayais de respirer, d'avaler de grandes goulées d'air, mais n'y arrivais plus. Telle une carpe, j'ouvrais et fermais la bouche en vain. J'étais aux abois, au bord de la noyade. Tout était confus dans ma tête, dans mon corps. Un haut-le-cœur me secoua. J'étais en nage, au bord de la combustion. Je tombai sur le côté et vomis tout le sang ingurgité. L'air pénétra à nouveau dans mes poumons. Je haletais de douleur, de fatigue... La mort m'étreignait. Je sombrai.

Le soleil était haut dans le ciel. Sa lumière était tellement forte que je ne pouvais ouvrir les yeux. Mes joues me brûlaient. Ma bouche sèche et pâteuse m'était extrêmement inconfortable. Par réflexe, je levai mon bras pour cacher mon visage. Cela m'amena un certain soulagement. Cependant, rapidement, ma peau me brûla. Je gémis de douleur et d'inconfort. Ma langue tentait de trouver la moindre humidité dans ma bouche, en vain. J'étais aussi sèche que les herbes coupées dans mon champ.

Mon instinct de survie, probablement, me poussa à me retourner et je rampai. L'herbe et les cailloux m'égratignaient les bras, les jambes. Ma robe se prenait parfois dans quelques obstacles... Je tirais, la déchirant au passage. Une fois que mon visage fut à l'ombre, je réussis à ouvrir les yeux et regardai autour de moi.

Mais qu'est-ce que je foutais dans un fossé ?

Je ne comprenais plus rien. J'avançai péniblement jusqu'à ce que l'ombre d'un arbre m'abrite. Je n'étais que souffrance. Je me laissai choir et tombai à nouveau dans l'inconscience.

Quand j'ouvris les yeux à nouveau, il faisait nuit noire. L'émerveillement me saisit immédiatement. J'étais sur le dos et je discernais la moindre feuille de l'arbre au-dessus de moi. J'entendais le bruissement du vent, pourtant léger. Un frémissement dans les herbes, d'une autre nature, m'alerta. Je reconnus immédiatement le reptile qui remontait le long de ma jambe. Ses écailles égratignaient ma peau ultra sensible. Son corps froid zigzaguait, m'envoyant un sursaut de répugnance.

Instinctivement, mon bras s'empara de cette vipère à une vitesse phénoménale, sans que j'aie eu le temps d'y penser, et je la balançai au loin. Ce réflexe me réveilla totalement. Je me retrouvai assise sans avoir eu l'intention de le faire. Je bougeais à une vitesse surnaturelle. Je n'y comprenais plus rien.

Je baissai les yeux sur mon corps. Qu'est-ce que je fabriquais dans ma chemise de nuit dans un fossé ?

J'avais beaucoup de mal à rassembler mes idées. Mes sens se focalisaient sur tout ce qui m'entourait. Les insectes grouillaient. L'herbe bougeait au gré du vent. En revanche, tous les oiseaux s'étaient tus. À plusieurs dizaines de mètres, je vis clairement un lièvre apeuré rentrer dans son terrier.

Je me levai. En retournant d'où je pensais venir, je découvris des cendres autour de moi. J'avais beau réfléchir à la question, mon esprit ne me proposait aucune réponse. Ma tête vide semblait vierge de toute idée. En regardant ma poitrine, je pris conscience que ma robe de nuit était non seulement déchirée mais aussi ensanglantée. D'instinct, je posai ma main sur mon cou, si vite que je m'infligeai une douleur. Abasourdie par cette soudaine vélocité, je tâtai ma peau. Elle était intacte et aussi douce que d'habitude.

Je cherchai le moindre indice pour découvrir ce que je faisais ici... En vain.

En revanche, je me rappelais qui j'étais : une extraordinaire sorcière, maman de trois petites filles, avec un mari qui devait m'attendre à la maison. Albert !

Je devais rentrer. Je fis un tour sur moi-même pour découvrir où j'étais. Je connaissais ce champ. Il n'était pas très loin de ma ferme. J'escaladai le fossé et empruntai le chemin qui me ramènerait chez moi.

La nuit était douce. Sur mon passage, les rongeurs stoppaient net leur progression, en totale sidération. Je sentais leur peur. Curieux, leur comportement. Je poursuivis d'un bon pas. Ma vitesse était même étonnante. Les oiseaux s'arrêtaient de chanter sur mon passage, comme si une terrible abomination survenait. Moi qui n'étais que bienveillance et guérison, j'étais dans une totale incompréhension. C'était comme si la nature me rejetait tout à coup.

J'arrivai enfin à ma ferme. Il y avait toujours

de la lumière dans la cuisine. Tant mieux, je commençais à avoir une petite faim.

J'ouvris la porte trop brusquement, faisant sursauter Albert et mes filles. Mon sourire s'élargit, tellement j'étais heureuse de les retrouver. Mon bonheur fut stoppé net par leurs réactions. Mes deux grandes filles pleuraient. Albert les cacha immédiatement derrière lui du mieux qu'il put tandis qu'il tenait notre petite Mireille dans ses bras.

Soudain, une soif me saisit la gorge. L'odeur de ma famille ravissait mes narines ; enfin, surtout Albert. J'aimais cet homme et il me sembla tout à coup savoureux. Comme il sentait bon ! Je ne m'en étais jamais rendu compte avant aujourd'hui. Je pourléchai mes lèvres à l'idée d'un bon festin. J'avançai d'un pas.

— Arrête-toi, Ismérie, recule ! cria Albert.

Je stoppai net devant sa véhémence. Pourquoi ne voulait-il pas que je m'approche ?

J'avançai à nouveau dans une totale incompréhension.

— Regarde-toi, Ismérie. Tu n'es plus toi-même !

Les deux petites têtes de mes filles sortirent de chaque côté de leur papa. Je sentis tout à coup leur sang de sorcière. Je reculai d'instinct comme si je faisais face à un danger mortel. Ma petite Mireille me regardait avec fascination, comme toujours, tandis qu'Albert s'était saisi du couteau à viande posé sur la table.

Je pris conscience qu'il me prenait pour un véritable danger, moi, la femme de sa vie. Les larmes me montèrent aux yeux devant la tristesse de son visage. Je sentis le malheur s'abattre sur moi. Désemparée, je posai la main sur ma bouche. Et là, je les sentis. Deux crocs pointus m'éraflèrent la paume. J'étais sidérée. L'horreur de la situation m'éclata à la face et je pris conscience de la réalité. Des tremblements me secouèrent, augmentant le dégoût de moi-même.

Je hurlai de douleur face à la vérité. J'étais devenue vampire. Comment était-ce possible ? Pourquoi n'avais-je pas brûlé au soleil comme celui qui m'avait transformée ? Je revis ses cendres.

Les larmes s'écoulèrent sur mes joues. Je regardai ma famille. Ils s'étaient tous éloignés de moi. Albert me menaçait toujours d'un couteau tandis qu'il tenait Mireille de son bras. Mes trois bébés pleuraient maintenant à chaudes larmes.

— Tu n'as plus ta place parmi nous, Ismérie. Tu dois partir, chuchota Albert, totalement vaincu.

Les larmes devaient brouiller sa vue.

— Angélique, va chercher une robe pour maman.

Sidérée, je pleurais à chaudes larmes tandis que mon mari restait toujours aussi prévenant. Pourquoi tant de bonté envers le monstre que j'étais devenue ?

Quand notre fille sortit de notre chambre, Albert voulut l'arrêter au passage afin qu'elle ne s'approche pas de moi.

— Ne t'inquiète pas, papa, les vampires ne peuvent pas boire les sorcières, hein, maman ?!

J'étais sous le choc. Effectivement, l'odeur de son sang ne m'attirait absolument pas. En revanche, celui d'Albert me titillait de plus en plus. Ma gorge était en feu et réclamait du sang pour étancher cette soif qui me tordait de plus en plus l'estomac.

Je voulus leur dire que l'on allait s'adapter, mais je pris soudain conscience que je serais capable de dévorer mon mari. Mes pleurs redoublèrent, secouant mes épaules.

Ma fille me tendit une robe propre.

— Va voir ta mère, Ismérie, me conseilla Albert. Peut-être qu'elle peut faire quelque chose…

Le doute dans sa voix ne me convainquit pas. Cependant, il savait que nous étions des sorcières de grands pouvoirs. Il avait raison. Je devais tenter ma chance. Je n'avais plus rien à perdre.

— Quand ai-je disparu ? demandai-je, craignant qu'il soit trop tard.

— Il y a cinq jours !

J'étais déconcertée d'avoir perdu connaissance aussi longtemps.

— Qu'est devenu le vampire ? demanda Albert.

Je voyais encore les cendres autour de moi dans le fossé.

— Il est mort, répondis-je enfin.

J'en étais certaine. Quelque chose au fond de moi me le confirmait, même si je ne comprenais pas d'où me venait cette idée.

Ma voix éraillée me faisait souffrir, égratignant un peu plus ma gorge. Je devais partir avant de commettre l'irréparable. Au moment où ma fille recula, je lui attrapai le bras. Je plantai mon regard dans le sien. Elle n'avait pas peur.

— Angélique, tu dois travailler ta magie. Vois avec ta mamie pour changer le sortilège qui vous dissimule des vampires. C'était une erreur de se cacher à ce point !

Elle acquiesça et encercla ma taille de ses petits bras. Je posai ma main sur sa tête sans approcher la mienne. Je ne voulais pas tenter le diable. Mes larmes continuaient de ruisseler sur mes joues. Je cachais comme je pouvais mes crocs acérés, honteuse de ce que j'étais devenue. Je voyais maintenant le sang d'Albert danser dans ses veines. Son cœur m'appelait. Ma gorge se serra.

— Je dois partir !

Je sortis en coup de vent, ma robe sous le bras, avant de commettre l'irréparable.

3 – Difficile moisson

Je me sentis soudain secouée. Je me levai dans un sursaut après ce vide interminable dans une obscurité totale. Angélique, ma fille, était debout dans la paille de notre enclos à chèvres. Ces dernières étaient le plus loin possible de moi et bêlaient d'angoisse à l'idée de se faire croquer... Les pauvres.

En revanche, ma fille était là, à me contempler avec un grand sourire, presque émerveillée. Je voyais tout l'amour qu'elle avait encore pour moi. J'en étais très émue : je n'étais pas sûre d'être digne d'autant d'affection. Ma situation était troublante, je me sentais perdue.

— T'as taché ta robe, maman ! me réprimanda-t-elle.

Je baissai le regard sur moi. J'étais encore pleine de sang. Un souvenir honteux remonta à ma conscience. Assoiffée, j'avais vidé un pauvre homme de toute sa substance vitale. J'avais honte de ne pas avoir su m'arrêter. Pauvre homme, il n'aurait jamais dû croiser ma route. Je l'avais abandonné, mort.

— Tu peux aller m'en chercher une autre, ma

chérie ?

Elle s'approcha tout de même de moi pour avoir un câlin. Je la serrai fort. Un mélange d'amour de ma fille et d'écœurement de son sang m'envahit. Je ne retins que le plaisir de l'avoir dans mes bras. J'embrassai ses cheveux et elle quitta l'étable. Je revenais toujours dormir ici et Albert laissait Angélique venir me voir. Elle n'avait que 6 ans mais se comportait déjà comme une grande. Quelques jours que j'étais vampire, et elle s'était vite adaptée pour aider son papa et ses petites sœurs. J'étais fière d'elle.

Je restais cachée ici. J'avais demandé à mon mari de ne pas venir me voir. Son sang était un véritable aphrodisiaque pour moi. Je craignais de lui sauter à la gorge. Alors, dans le doute, je lui demandais de rester loin.

Je me tenais aussi à distance de mes deux autres filles. Louise et Mireille étaient trop jeunes pour comprendre. Cependant, je savais qu'elles me sentaient. J'entendais parfois leur conversation, avec mon ouïe acérée. Angélique les rassurait : elles ne craignaient rien. Mes petites avaient déjà changé leurs sortilèges avec l'aide de ma mère afin de rester identifiables par les vampires de passage. J'en étais rassurée.

Angélique revint avec une robe propre. Je continuais de laver le linge de la famille, la nuit ou quand je pouvais. Mon mari m'avait fait passer pour morte, sans avoir retrouvé le corps. Cependant, cela commençait à jaser au village. Certains disaient m'avoir aperçue.

— Mamie veut te voir ce soir.

Parfait. J'espérais beaucoup de ma mère. Elle seule pouvait trouver une solution à ma nouvelle condition. Cela avait été un déchirement de l'apercevoir. Elle ne voulait pas y croire. Mais je n'avais pas eu besoin de m'approcher pour qu'elle soit certaine de mon état. J'avais tellement honte de ce que j'étais devenue que j'étais vite partie me cacher. Mais ce soir, elle voulait tenter quelque chose. Pourvu qu'elle ait trouvé une solution et me fasse redevenir cette belle sorcière que j'étais avant.

Je me changeai devant ma fille.

— Comment vont tes sœurs, ma chérie ?

— Mireille boit du lait de chèvre, maintenant !

Son sourire de fierté me fit plaisir. Forcément, je ne pouvais plus allaiter mon bébé. Cette idée me poignarda le cœur et me fit monter les larmes aux yeux.

— On va bien, maman !

— Oui, ma chérie, tant mieux. Je suis tellement fière de vous tous. Où est papa ?

— Il est au champ, fit-elle en fronçant les sourcils.

— Il a engagé des hommes pour l'aider ?

Elle fit non de la tête. Je voyais bien qu'elle était consternée par la situation.

— Je vais l'aider, répondis-je en tentant de la rassurer.

Elle prit ma main et nous sortîmes de l'étable.

— Tu crois que tu pourras, maman ?

— Je vais faire de mon mieux, comme toujours...

Je cachai mon visage avec mon bras. La lumière du jour brûlait ma peau et j'attrapais vite des coups de soleil. En revanche, je ne me désintégrais pas. Je n'étais pas sûre d'être totalement vampire, finalement. Malheureusement, j'en avais le régime alimentaire. J'avais tenté de manger autre chose mais cela me rendait malade et me faisait vomir, alors je n'avais pas persévéré dans cette voie.

Tout à coup, ma fille partit en courant. J'étais déçue qu'elle s'en aille comme ça. Cependant, je ne savais plus trop à quel point j'étais encore sa mère dans son esprit. Je fus surprise de la voir revenir très vite avec un chapeau en coton.

— Tiens, maman ! Je dois retourner surveiller Mireille et Louise... Tu sais que Mireille rafraîchit son lait quand il est trop chaud et hier elle a rapetissé sa boule en bois car elle n'arrivait pas à la prendre avec sa petite main... C'est une polissonne, comme tu disais, maman.

Je ris de fierté. Mon bébé serait une grande sorcière comme moi. Enfin, comme je l'avais été. Dans la lignée, nous pouvions aisément transformer la matière, faire chauffer ou refroidir, changer la taille des objets, leur poids... en plus de guérir. Nous avions bien plus d'une corde à notre arc.

Il était temps que je me secoue et que je reprenne contact avec ma magie.

J'embrassai ma fille sur la joue, heureuse et satisfaite de ne pas avoir envie de la boire.

— Tu pourrais peut-être venir voir Mireille et

Louise ? insista-t-elle.

— C'est trop tôt, ma chérie, mais j'espère... bientôt. Mamie va m'aider !

Elle acquiesça et rentra à la maison tandis que j'allai au champ. Pourvu que ma mère ait la solution. Il était impossible que je reste comme ça. Je ne m'étais nourrie qu'une fois depuis que j'étais vampire. Je retardais au maximum. Ma gorge commençait déjà à s'irriter. Je savais que ce phénomène s'aggraverait et que je devrais m'éloigner d'Albert afin de ne pas le saigner.

Quand j'arrivai enfin au champ, je me cachai à l'ombre d'un arbre. J'évitais de me montrer à mon mari. Il n'osait pas me chasser, mais il m'avait clairement dit que je n'avais plus rien à faire dans leur vie. Il avait raison, ma nouvelle nature faisait de moi un prédateur. Pourtant il m'aurait arraché le cœur que cela ne m'aurait pas fait davantage de mal. Je savais qu'il me chérissait. Je voyais toute la douleur dans ses yeux chaque fois que ces derniers se posaient sur moi. J'entrevoyais la peur de ce qu'il allait devenir sans moi, avec nos filles. Je le sentais perdu. Chose étrange, je percevais toujours ses émotions. Étaient-ce mes pouvoirs de sorcière qui perduraient ou mes nouvelles capacités de vampire ?

Je devais en avoir le cœur net. J'espérais pouvoir retrouver une place dans ma famille, même si je devais rester cachée à l'ensemble des villageois. Pour eux et le bien de ma famille, j'acceptais de passer pour morte.

Face à moi, toutes les moissons étaient coupées. Mon mari les rassemblait pour faire des fagots. Le pauvre était épuisé. D'habitude, je rendais la récolte aussi légère qu'une plume et de quelques tourbillons, les tas se formaient sous le regard émerveillé d'Albert qui n'avait plus qu'à les attacher.

Mais là, il était tout seul, épuisé. Sa chemise était trempée de sa transpiration. Son odeur délicate venait jusqu'à mes narines. Je voyais son cœur battre dans sa poitrine, son sang circuler dans ses veines. Je me plaquai dos à l'arbre pour ne plus le voir. J'arrêtai de respirer. J'avais de plus en plus soif de son sang. Je devais me ressaisir. Je devais l'aider. J'évitai de respirer par le nez et me tournai à nouveau vers le champ tout en restant cachée.

Je regardai au plus profond de moi pour me connecter à ma magie. Mais j'avais beau examiner chaque cellule, je ne la sentais plus. Je me concentrai tout de même pour dessiner les runes dans mon esprit afin d'alléger le poids, en ensorcelant la récolte. J'eus beau esquisser la rune de transformation pour diminuer la charge de la moisson, rien ne se produisit. Aucune magie ne se créa. Pourtant, ce symbole était des plus simples, une espèce de « V » couché. Dans mon esprit, je le voyais clairement, mais je ne sentais plus de contact avec ma magie. C'était comme si le cosmos n'existait plus. Je levai les yeux au ciel : l'univers était pourtant toujours là. Dépitée, je tentai ma chance avec la rune de l'air pour créer une brise. Si le vent se levait, je pourrais générer du mouvement. Mais j'avais beau appeler l'air et toutes les énergies créatrices de ma bienveillance, aucun écho.

J'étais choquée.

Le cosmos m'aurait-il abandonnée ?

Après toutes ces années de servitude où je n'avais fait que le bien autour de moi, je me sentais totalement abandonnée. Les larmes coulaient sur mes joues, je n'osais pas y croire.

— Que fais-tu ici, Ismérie ?

Je n'avais pas vu Albert venir jusqu'à moi. Instinctivement, je cachai mes dents avec mes mains. Je faisais attention à ce qu'aucune parcelle de sa fragrance ne pénètre mes narines. Je me reculai d'un pas pour m'éloigner de mon mari tant aimé.

— J'essaie de t'aider.

— Tu as perdu tes pouvoirs ?

Je hochai simplement la tête et pleurai à chaudes larmes. Soudain, ses bras furent autour de moi pour me consoler. C'était tellement bon. Malheureusement, je reniflai et son odeur pénétra mes poumons, attisant ma faim.

Je sautai en arrière en rugissant telle une bête totalement affolée. Je n'avais plus qu'une envie : le mordre et m'abreuver de son sang jusqu'à plus soif.

— Recule, j'ai faim !

Albert baissa les épaules, totalement désespéré par la situation. Je tentai de reprendre la constance que j'avais connue et séchai mes larmes.

— Tu vas te tuer à la tâche, Albert, si tu n'engages pas de travailleurs.

Il hocha la tête.

— Je ne vais plus pouvoir t'aider comme avant. Enfin, pour l'instant... Maman saura faire quelque chose, j'en suis sûre. C'est une grande sorcière.

Albert soupira. Je voyais qu'il n'osait pas y croire. Pour lui, la situation était dramatique, voire désespérée. Il se retrouvait à gérer nos trois filles, dont un bébé, une ferme, nos cultures et nos bêtes. Je voyais déjà des cernes noirs sous ses yeux, envahissant son visage.

— Engage du personnel, mon chéri.

— Je vais y songer, acquiesça-t-il.

Ma gorge m'irritait terriblement, attisée par le sang d'Albert. Je portai mes mains à mon cou en guise de protection, ce qui était complètement idiot, je m'en rendais bien compte. Son hémoglobine m'attirait déraisonnablement. Je fis un pas en avant malgré moi. Le sang était ma vie, maintenant.

— Je dois partir ! criai-je dans un tourbillon.

Je m'élançai avec mes nouvelles capacités et m'éloignai le plus rapidement possible. J'avais fait assez de mal à ma famille.

Je restai au milieu des champs, là où aucun humain n'était. Les petits rongeurs fuyaient sur mon passage. J'allai me réfugier dans un sous-bois. Ne sachant que faire, je m'assis par terre.

Soudain, j'entendis une petite bête se réfugier dans son terrier. L'odeur de son sang promettait un fumet savoureux. Mes yeux de prédateur étaient déjà braqués sur l'entrée de sa cachette.

Sans plus y réfléchir, j'engouffrai mon bras à l'intérieur. Ma main se ferma sur ma proie et sortit une martre. La pauvre couinait et se débattait comme un beau petit diable. Je l'observai avec curiosité. Je n'avais aucun état d'âme quant à ce que je m'apprêtais à faire.

Mes crocs étaient de sortie, prêts à faire un festin, et n'attendaient qu'une chose : se planter dans la fourrure de mon gibier. Et c'est ce que je fis, d'instinct !

De prime abord, le contact des poils me dégoûta, mais ne m'importuna finalement pas plus que ça. L'appel du sang était plus fort. Mes crocs pénétrèrent dans cette chair chaude et transpercèrent une veine bien juteuse. Je bus tout ce qu'elle pouvait me donner. Ma proie me cassait les oreilles avec ses cris perçants. Je laissai passer. Bientôt, elle serait muette. Déjà, son cœur ralentissait. L'afflux sanguin diminuait. Cette pauvre bête se mourait.

Je la jetai derrière moi, incrédule à l'idée de ce que je venais de faire. Au moins, je n'avais pas tué Albert. De ça, j'étais fière. Ma robe était encore tachée. J'allais devoir apprendre à manger proprement. Puis soudain, il me vint l'idée que je devais arrêter de tuer mes proies.

Ce maudit vampire m'avait laissée seule à devoir deviner mes nouvelles capacités sans aucune formation. Si j'avais pu disparaître au soleil comme tout bon vampire, au moins je ne serais pas un danger. D'une belle sorcière blanche bienveillante, j'étais passée à une vampire novice qui tuait pour quelques gouttes de sang.

4 – Magie maléfique

Les feuilles tremblaient au-dessus de ma tête. Je voyais maintenant les choses différemment, avec beaucoup de précision. Même les nervures des feuilles accrochées à la cime des arbres n'avaient plus aucun secret pour moi. C'était très troublant d'avoir mes sens ainsi aiguisés. Je me laissais porter par la magie du cosmos... avant. Maintenant, elle ne m'habitait plus. Cependant, je ne sentais pas de vide en moi. Non, tout avait été remplacé, mais je ne savais pas par quoi exactement.

Ma gorge me brûla à nouveau, me rappelant à l'ordre de mes terribles besoins. Du sang, toujours plus de sang. Qu'allais-je devenir ?

Albert avait raison. J'avais espéré réintégrer mon foyer et peut-être me nourrir de mon mari à l'occasion... Pour l'heure, c'était impossible. J'étais incapable de me maîtriser, une vraie bête féroce.

Je me levai. Plus aucun bruit dans ce sous-bois. Tous les petits animaux se planquaient, les moineaux se taisaient. L'odeur de la mousse m'était agréable, tout comme la fraîcheur qui apaisait ma peau.

Je m'endormais systématiquement avec la peau brûlée par des coups de soleil terribles. Je me réveillais avec la peau de pêche d'une jouvencelle. C'était très troublant. Tout comme mon sommeil. Enfin, j'avais plutôt l'impression de m'éteindre, puis de m'allumer d'un seul coup. C'était assez désagréable. Au vu du rythme de vie de ma famille, je dormais plusieurs heures sans rien maîtriser, ni mon endormissement, ni mon réveil. J'étais particulièrement vulnérable à ce moment-là.

Étais-je immortelle comme les vampires ?

Je ne les connaissais pas trop, hormis le fait que nous n'étions pas vraiment compatibles. En règle générale, sorcières et vampires ne se côtoyaient jamais. Je n'étais plus une sorcière, mais étais-je vraiment une vampire ? Je ne pouvais consommer que du sang ; cependant, le soleil ne m'anéantissait pas. Tout cela était bien mystérieux.

Je me grandis d'un bond, aux aguets, stimulée par le fumet alléchant d'un paysan qui passait au loin. Je grimaçai. J'avais encore faim. Cette martre n'avait pas apaisé ma soif. J'en étais consternée.

J'avais déjà tué un habitant du village. Je n'avais pas fait exprès, mais je me lamentais du résultat. Je devais trouver le moyen de boire sans tuer personne.

Je m'approchai à pas de loup de ma nouvelle proie. Même si j'étais rapide, ma course était tellement légère que je touchais à peine le sol. Le paysan guidait son cheval, assis sur sa charrette. Je priai pour qu'il ne me voie pas, ne m'entende pas. Ma proie continuait de chanter comme si de rien n'était. Je hâtai mon rapprochement. J'eus soudain l'idée de tester l'emprise que je pouvais avoir sur lui. Ma gorge me brûlait. Il était urgent que j'apaise cette soif avant de tuer encore un innocent. Je redoublai mes intentions de passer inaperçue.

Tout à coup, je les vis. Des ondes blanches émergeaient autour de moi, comme des vagues qui roulaient et disparaissaient au loin. Sidérée, je m'arrêtai net. Comment était-ce possible ? Avais-je encore une forme de magie ?

Pourtant, ce n'étaient pas mes dons de sorcière, j'en étais sûre. C'était autre chose. Surprise, je demandai mentalement à cet humain de siffler *La Marseillaise*. J'entendis un couac et notre hymne démarra. Son sifflement fut tout d'abord timide. J'invoquai la joie et le chant s'éleva avec plus de rythme. Pendant ce temps-là, je l'avais rejoint et je marchai rapidement à côté de sa charrette en l'observant. Cet homme jovial alternait les sifflements et les grands sourires, il était heureux. Alors, j'avais donc un certain ascendant sur les humains. Je souris malgré moi, tous crocs dehors. Je cachai immédiatement ces derniers avec ma main. Mmmm... Ce paysan était craquant. La honte monta immédiatement en moi à l'idée que je n'avais qu'une envie : le boire.

Je décidai de profiter de ma bonne fortune

pour prolonger cette expérience. Pourrais-je finalement vivre au milieu des humains ?

Je me concentrai très fort sur le fait qu'il ne devait ni me voir, ni m'entendre. Mes vagues blanches scintillaient autour de moi. Je sautai à côté de lui, d'un bond que je n'aurais jamais pu faire avant. L'homme n'eut aucune réaction quand son banc en bois fut secoué sous mon atterrissage. Je m'assis, le contemplant. Qu'il était curieux d'être invisible ! J'observai tout de même mes bras. Je les voyais parfaitement. Ils étaient même déjà rouges à cause des brûlures du soleil. Je grimaçai car ma peau tirait.

Je m'intéressai de nouveau à ma proie. Son sang chantait dans ses veines. Un sifflement surgit de ma gorge et le charme fut rompu. Mon paysan sursauta et fut surpris de me trouver à ses côtés. La terreur se planta immédiatement dans son regard. Ce dernier était rivé sur mes crocs étincelants. Il y avait de quoi avoir peur. Son cœur s'affola et je craignis qu'il ne fasse un arrêt cardiaque, tellement le tambour dans sa poitrine était chaotique.

— Tout va bien, dis-je calmement en posant ma main sur sa bouche.

Je réussis à maintenir sa tête de côté pour dégager son cou et planter mes crocs dans sa veine. Le sang arrivait à flots. Le cheval s'emballa et partit au galop tandis que nous étions ballottés dans tous les sens. Nous allions finir par tomber. Cramponnée à ma proie, je tentais de repenser au calme de cette journée ensoleillée pendant que je buvais à grandes goulées. Je ne devais pas tuer cet homme. Paix et sérénité, aidez-moi !

Le cheval s'arrêta. Mon paysan se détendit complètement dans mes bras. Subjuguée, j'arrêtai de boire, surprise par ce que mon esprit pouvait dicter. Je réalisai immédiatement que ma gorge ne me brûlait plus, tout comme ma peau d'ailleurs. Alors, je ne tentai pas le diable.

— Oublie-moi ! ordonnai-je à cet homme, et je partis en courant.

J'avais hâte de retrouver ma mère. Je la guettai, attendant qu'elle arrive à son poulailler. Quelques apprentis travaillaient dans sa ferme. Je les connaissais bien mais préférais rester cachée. Les poules caquetaient, rassemblées à l'opposé de moi, pas très rassurées. J'étais heureuse d'être repue, je n'avais pas envie de m'en prendre à ces poules, ni aux humains que je sentais autour de moi. Il me vint à penser que je pouvais dompter la bête féroce en moi.

J'observais les volatiles, me demandant si je ne pouvais pas goûter un œuf. J'étais encore obnubilée par ce que je pouvais manger. J'avais tendance à ne m'intéresser qu'à mon alimentation, envisageant chaque chose d'un point de vue comestible. Mais le constat était terrible. Dans toute vie, seul le sang m'intéressait. Entendre les cœurs, l'hémoglobine circuler dans les veines était un vrai plaisir de contemplation, sauf quand j'avais faim. Cela devenait au contraire une vraie torture.

— Ismérie, ma chérie, j'ai senti que tu étais là !

Ma mère s'avançait vers moi comme si je

n'étais pas vampire. Je reculai pour me cacher, tellement j'avais honte de ma nouvelle condition.

— Ne te cache pas ! Viens !

J'avançai timidement et me laissai prendre dans ses bras. Tout d'abord, je restai raide comme un piquet. Mais le cœur de ma mère battait sereinement, et cela m'apaisa immédiatement. Je n'étais pas attirée par son sang car ma nouvelle nature m'envoyait des signaux d'alerte. Logique : les vampires ne pouvaient pas boire les sorcières sans périr. Celui qui m'avait bue en avait fait la funeste expérience. Je reposai totalement la tête dans le creux du cou de ma mère, aspirant la moindre fragrance de sa peau. Son parfum me renvoyait à ma jeunesse, à tous nos câlins, à tous nos partages. J'étais soudain apaisée.

— As-tu trouvé une solution, maman ?

J'avais peur de sa réponse. Elle soupira, restant muette. Un sanglot m'échappa. Qu'allais-je devenir ?

— Peut-être que nous pouvons trouver une solution du côté de la magie noire ? proposa-t-elle.

Je reculai pour l'observer, décontenancée d'une telle proposition.

— Tu plaisantes, maman ! Tu es une grande sorcière et tu as toujours prôné la magie blanche. Tu ne peux pas noircir ton don.

Les risques étaient grands, car dépendants des sortilèges invoqués. Il fallait bien prendre de l'essence vitale quelque part.

— J'ai invoqué le cosmos, Ismérie. Je ne peux

rien faire avec la magie blanche. Les forces occultes qui régissent la vie des vampires sont grandes. Il me faut composer avec l'obscurité. Cependant, seule, je ne pourrai rien faire. Je dois trouver une autre sorcière puissante ou un canal, un vecteur...

Le sourire bienveillant de ma mère était magnifique au travers de mes yeux brouillés. Je séchai les larmes sur mes joues.

— Je refuse que tu puises dans ton essence vitale pour moi, maman. Je ne veux pas qu'il t'arrive malheur. Je crois malheureusement que c'est trop tard. Il faut aider Albert et les filles, maintenant.

Mon ton suppliant l'attrista.

— Je vais m'occuper d'eux, ne t'inquiète pas.

Ma mère était seule. Mon père était décédé dans un accident durant les moissons. Nous étions arrivées trop tard pour le sauver. Je me sentais vraiment démunie en cet instant.

— As-tu encore des pouvoirs ?

Ma mère m'évaluait, me sondait, tentant de les détecter. Je voyais sa belle magie, aussi blanche et scintillante que la mienne. Magnifique spectacle. D'ailleurs, curieusement, j'avais gardé la même couleur lumineuse pour mes nouveaux pouvoirs.

— Non, je n'ai plus mes dons de sorcière. J'ai essayé d'aider Albert à la moisson... en vain. Je ne peux plus invoquer le cosmos.

Ma mère soupira de regret.

— Mais j'ai autre chose, avouai-je.

— Oui ! Quoi ?

— Je ne sais pas trop, mais je crois que je peux manipuler les humains...

— Comment ça ?

— J'ai pu manipuler un homme pour me nourrir, sans lui faire de mal.

Ma mère tiqua. Oui, la réalité était abominable. Cependant, je ne pouvais pas rester sans me nourrir. Si je tardais trop, je devenais une bête féroce, incontrôlable.

Ma mère leva sa main pour la passer sur moi. Elle cherchait la moindre parcelle de mon don. Je la laissai faire.

— Je sens beaucoup de puissance en toi, mais ça n'a plus rien à voir avec ce que tu émettais avant.

C'était bien ma veine ! Je devais découvrir ce pouvoir toute seule, sans aucun guide. La tâche me paraissait monstrueuse, c'était le cas de le dire.

— Je vais me renseigner, Ismérie. Je peux peut-être tenter quelque chose... avec Claudine.

— Mais Claudine me déteste, maman.

— Possible, mais elle est un très bon catalyseur pour la magie noire, même si elle ne sait pas l'utiliser. Son bébé est né, il y a deux jours. Nous allons pouvoir tenter une expérience.

Je tiquai, craignant que ma sœur refuse de faire quoi que ce soit pour moi. Pourtant, je l'avais aidée à maintes reprises, pendant notre jeunesse. Elle n'avait pas supporté que sa sœur cadette ait plus de dons qu'elle n'en aurait jamais. J'avais tenté de l'exercer à la magie blanche, en lui montrant combien c'était facile... Enfin, pour moi. La magie était ma seconde nature, mais une tout autre planète pour ma sœur. Il n'y avait que quand je surfais au bord de la magie noire qu'elle ressentait les prémices du don. Claudine avait fini par se fâcher totalement en me rejetant, décrétant que je ne pouvais pas être sa sœur naturelle. Cela avait choqué ma mère. Elle en avait été bouleversée un moment. Elle avait pourtant gardé autant d'amour pour ses deux filles. Ma mère n'était qu'amour et bienveillance. Je crois cependant qu'elle se leurrait en pensant que Claudine m'aiderait. Je craignais que l'heure de la vengeance ait sonné pour ma sœur.

Je n'osais en parler à ma mère, de peur d'anéantir ses illusions. En cet instant, je voyais tout l'espoir qu'elle entretenait de pouvoir arranger ma « situation ».

— D'accord, maman, nous essaierons. Mais s'il est trop tard, je ne sais pas si je pourrai rester avec les miens.

5 – Vengeance malsaine

Quand nous arrivâmes chez ma sœur, la nuit noire nous accueillit. Maman alla la chercher pendant que j'attendais dans son étable. Là aussi, les chèvres s'étaient éloignées le plus possible et leur stress se ressentait au travers de leurs bêlements. Pauvres bêtes, je n'étais plus qu'un prédateur de plus dans leur chaîne alimentaire. Avant ma vampirisation, les animaux venaient spontanément vers moi, d'autant plus quand ils avaient besoin de soins. Ils devaient sentir mon pouvoir de guérison. J'avais juste à apposer une main sur eux et ma magie faisait le reste, allant là où elle devait aller, réparant les cellules blessées. Les bêtes repartaient instinctivement quand elles n'avaient plus besoin de moi. Hélas, maintenant, je ne véhiculais que la mort avec ma soif sanguinaire.

J'attendais patiemment. Cependant, ma mère ne revenait pas. J'étais obnubilée par les insectes qui couraient dans la paille, les souris qui se carapataient pour s'insérer entre deux planches, pensant se mettre à l'abri. C'était fou, toute cette vie dont nous ne soupçonnions même pas l'existence.

Tout à coup, je sentis ma sœur. Claudine ronchonnait comme à son habitude. Je crois bien qu'elle ne connaissait pas la gratitude et les pensées positives. Tout n'était que problème pour elle.

— Tu sais bien que je n'ai pas de pouvoirs, maman, je ne peux rien faire pour ma sœur. Elle n'avait qu'à ne pas utiliser autant sa magie... Elle n'en serait pas là, conclut cette rabat-joie.

Pourtant, elle était plus que contente quand je venais résoudre les problèmes chez elle, grâce à ma magie, que ce soit pour favoriser ses cultures ou soigner ses bêtes.

Je restais confiante. Elle ne pouvait pas m'abandonner. On n'abandonnait pas sa famille. Je restais naïve.

— Ah ! Voilà le monstre, ricana-t-elle en me découvrant.

— Claudine ! Ismérie a toujours été là pour toi et pour les tiens, la réprimanda notre mère.

La grimace de ma sœur montrait bien à quel point elle ressentait de la gratitude envers moi. Je préférais me taire. Que dire ? Je n'avais pas cherché à croiser la route d'un vampire. C'était ce dernier qui était venu me chercher, me charmant pendant mon sommeil pour que je sorte étancher ma soif et par la même occasion la sienne. Il m'avait prise par surprise au moment où j'étais le plus vulnérable. Cependant, mes sens étant éteints, je n'avais rien vu venir. Quand j'y pensais, c'était incroyable qu'il m'ait choisie, moi, parmi tous les villageois, signant par là son arrêt de mort. J'étais rassurée de sentir le sang de sorcière chez mes filles et ma mère maintenant. En revanche, le sang de Claudine ne reflétait aucune magie. Pour autant, quelque chose en elle m'écœurait. Je n'aurais pas su dire quoi, mais je n'avais pas envie de la boire. Ma sœur semblait immunisée naturellement contre les morsures de vampires. Très curieux.

— Claudine, tu as juste à être présente, insistait ma mère. Tu es un bon canal de magie noire, je veux tester un sortilège.

— Toi ?! Alors que tu as toujours voulu me convaincre de ne pas utiliser ce côté de la magie... tu vas faire une entorse pour cette sangsue ?! Mais tu es folle, ma mère... Je croyais que c'était dangereux et que notre lignée n'en était pas digne.

Notre mère soupira, attristée, tandis que Claudine restait parfaitement indifférente à mon sort et à la peine qu'elle pouvait faire. Je n'étais pas surprise du comportement de ces deux femmes. Autant notre mère, dont je portais l'héritage, se pliait toujours en quatre pour arranger les choses, autant Claudine préférait nier tout en bloc et subir, peut-être parce qu'elle n'avait pas voulu tenter d'autres possibilités.

Je soupirai de lassitude. Je n'amenais que la tristesse autour de moi, le malheur des miens.

— Essayons tout de même ! répondit ma mère, plus déterminée que jamais.

Claudine m'observait d'un sourire narquois. Le pouvoir de l'intention était grand et clairement, ma sœur refusait de me porter secours.

Notre mère crocheta le bras de Claudine avec le sien, comme si de rien n'était, et joignit ses paumes contre sa poitrine. Elle commença à psalmodier, appelant les énergies créatrices et de déconstruction. Je voyais sa magie blanche scintiller autour de moi pour me faire un cocon. Elle alignait les runes pour défaire ma transformation et appelait le don à demeurer en moi à nouveau. Grâce au canal que devenait ma sœur, elle mettait plus de force pour éloigner l'ombre et le poison qui avaient envahi mes veines, espérant que l'énergie du cosmos m'envahirait. Ma sœur regardait simplement ses ongles nonchalamment, ne faisait aucun effort pour assister notre mère. Cette dernière commençait à suer à grosses gouttes. Je voyais son énergie diminuer au fur et à mesure qu'elle tentait de défaire ce qui avait été fait. Malheureusement, je ne sentais rien en moi. C'était comme si j'étais devenue hermétique à toute forme de magie. Plus ma sœur constatait qu'il ne se passait rien, plus elle souriait, heureuse de m'enterrer dans ma nouvelle condition.

Ma mère s'épuisait en vain. Soudain, elle tomba à genoux, épuisée. Je me précipitai pour la soutenir.

— Arrête, maman, tu te fais du mal inutilement, clamai-je.

Je la pris dans mes bras pour la chérir, la remercier de ses tentatives. Je savais qu'elle avait tenté l'impossible. Je n'avais jamais entendu parler de vampire redevenu humain. Alors, j'en conclus que je ne pourrais jamais redevenir une sorcière.

Ma sœur ne put retenir un cri de victoire.

— Tu vois bien qu'on ne peut rien faire ! Elle n'a plus qu'à s'en aller, maman, c'est ça... Qu'elle parte !

Notre mère pleurait dans mes bras. Cruel destin pour elle, d'avoir deux filles si différentes. J'eus la sensation qu'elle nous avait perdues toutes les deux en cet instant.

— Partez de chez moi, toutes les deux ! Chacune à votre façon, vous êtes monstrueuses. Même les sorcières ne devraient pas exister. Je n'ai pas de pouvoirs, moi, et je m'en porte très bien !

Claudine sortit sans un regard pour sa famille. Elle n'avait jamais supporté de ne pas avoir été touchée par la grâce du don. Peut-être que ses enfants pourraient utiliser la magie de notre lignée. Peut-être qu'elle partagerait ses connaissances, apprises depuis son plus jeune âge.

J'aidai ma mère à se relever. Nous repartîmes. Je la soutins en la gardant dans mes bras, puis la couchai dans son lit. Je n'allumai pas. J'avais maintenant le privilège de voir en pleine nuit. Tout à coup, je fus effarée de constater que ses beaux cheveux roux avaient blanchi. La magie noire lui avait volé des années de vie. J'en reçus un coup de poignard en plein cœur. Ma mère s'était sacrifiée pour me ramener du côté de la magie blanche alors qu'une tout autre puissance m'habitait dorénavant. Quelque chose de bien plus fort, qui réparait mes tissus, même si je ne savais pas si j'étais immortelle, comme l'étaient les vampires. Cependant, au vu de ma peau qui cicatrisait chaque jour, je soupçonnais que je ne vieillirais plus.

Une colère sourde m'envahit.

— Ne fais pas de bêtise, Ismérie, se plaignit ma mère dans son sommeil.

D'une certaine manière, nous étions toujours connectées. Elle avait pressenti ce raz de marée qui venait de m'envahir et ne demandait qu'à me submerger. Je devais sortir, m'éloigner au plus vite. J'avais du mal à contenir les digues. J'étais au bord de l'explosion. Je ne voulais faire aucun mal à ma mère. Je l'aimais tant et je lui avais déjà tant pris.

Je sortis en courant : je devais trouver du sang pour m'apaiser. Le sang, ma nouvelle vie ! J'étais déchaînée.

Soudain, je réalisai que j'arrivais auprès des marnières. Les baraquements en bois abritaient des travailleurs. L'extraction de la pierre et l'allongement du canal avaient agrandi notre population. Un grand sourire envahit mon visage devant ce festin. En sentant tout ce sang vigoureux, mes crocs s'étirèrent davantage, exigeant leur butin.

Je ne ralentis pas ma course, tellement j'étais pressée. Je devais éteindre cette rage qui couvait.

Enragée, je l'étais.

Enragée d'avoir été transformée sans que l'on me demande mon avis.

Enragée d'avoir perdu les miens.

Enragée d'avoir été reniée par le cosmos.

Enragée d'avoir volé des années de vie à ma mère.

Enragée d'être devenue une bête féroce sanguinaire.

Enragée d'avoir perdu ma bienveillance et le respect de la vie.

Enragée de ne pas savoir comment mettre un terme à mon existence.

Que restait-il de moi ?

Un monstre assoiffé de sang. Claudine avait raison. Alors, soit. Je me comporterais comme tel puisqu'il en était ainsi.

J'eus tout de même la présence d'esprit d'envoyer des ondes afin que personne ne fasse attention à moi. J'admirais mon message se diffusant sous forme de vagues blanches scintillantes. J'étais émerveillée par mes nouvelles capacités. En cet instant, je me sentais forte, inébranlable. Mes ondes pénétraient loin dans les baraquements et passaient à travers les cloisons de bois. Je sentais tous ces cœurs endormis, tout ce sang chatoyant qui n'attendait que mes crocs pour le gourmet festif que j'étais devenue.

Ma gorge me brûlait à nouveau, attisée par ma rage, par l'univers qui se moquait de moi. Le rire de ma sœur résonnait encore à mes oreilles. De simple spectatrice de mon nouveau pouvoir, soudain, je passai à l'action.

Je laissai ma rage exploser. J'ouvris le premier baraquement à la volée. Tous ces hommes ronflaient en pleine insouciance du monstre qui allait les vampiriser.

Alors, le carnage commença. Je me jetai sur le premier homme. Je fus bien trop brutale, lui arrachant la jugulaire d'une morsure profonde. Le sang affluait trop rapidement, je n'avais pas le temps de boire, il n'eut pas le temps de crier. Il se vida instantanément.

Désabusée, je le laissai mourir. En cet instant, je me moquais de la vie. Alors que j'avais tout fait pour conserver la mienne, je la bafouais maintenant de mes crocs.

Je me redressai, me détournant de ce mourant ensorcelé. Il m'en restait cinq autres. Un sourire malsain s'étira jusqu'à mes oreilles.

« Monstre », me répétais-je mentalement.

Autour de moi, les dormeurs commençaient à s'agiter. Je redoublai de vagues pour les endormir profondément afin qu'ils ne me privent pas de mon banquet sanguinaire.

Je me penchai sur l'homme le plus proche. Il était beau même si un pli de contrariété barrait son front. J'augmentai encore mes messages pour mieux l'endormir et ses traits se détendirent. Je passai ma main dans ses cheveux comme une tendre caresse. J'en profitai pour lui tourner la tête et dégager son cou. Le sang palpitait dans sa jugulaire. J'étais émerveillée de voir son cœur battre, ma boisson préférée courir sous sa peau. J'ouvris la bouche, prête à le mordre. Mais j'eus soudain besoin de le sentir. Alors, je le reniflai telle une bête. Son odeur était alléchante. Je tentai de deviner le goût de son sang. Je n'avais bu que peu d'humains, mais ils avaient tous un goût différent. Je me léchai les lèvres à l'idée de le déguster. N'y tenant plus, je plongeai dans sa gorge et le savourai copieusement. J'avais maîtrisé la tension dans mes mâchoires cette fois-ci, le mordant juste ce qu'il fallait pour en profiter tranquillement.

Ce fut le plus savoureux de ma soirée.

Je quittai les marnières après avoir dîné de deux baraquements. Les cœurs ne battaient plus dans ces chambrées. Je repartis en zigzaguant, totalement repue, presque saoule de ma gloutonnerie.

Mes sens étaient d'autant plus aiguisés. Les odeurs de la nature m'envahissaient. Alors, je respirai profondément : c'était divin. J'avais toujours adoré la nature. J'avais tellement communié avec elle que je pensais la connaître par cœur. Et pourtant, je la redécouvrais. Toute vie animale fuyait sur mon passage. J'étais en haut de la chaîne alimentaire, toute-puissante en cet instant.

6 – À bas la bête

Le jour se levait et la fatigue me gagnait. Ma robe était fichue... encore. Je me réfugiai dans le moulin du Crot. Assez récent, il avait été bâti sur plusieurs étages. J'envoyai des ondes au meunier et à sa famille pendant que je grimpais pour m'installer au grenier. Je me planquai sous la paille et tombai dans un sommeil sans images, sans pensées, sans émotion. Le silence m'envahit. Je m'évanouis.

Quand je me réveillai, je me sentis en pleine forme. En bas, beaucoup d'agitation. Les villageois s'étaient réunis. Je compris rapidement qu'ils parlaient de faire une battue la nuit prochaine pour tuer cette bête féroce qui avait sévi dans les marnières.

— C'est incompréhensible, disait l'un, aucune porte n'a été fracassée !

— Pourtant, aucun humain ne peut faire une chose pareille, répondait un autre.

— Mais quel genre de bête peut faire un tel carnage ?

— C'est plus gros qu'un sanglier, pour sûr !

— Mais les sangliers n'ont jamais mangé les

humains !

L'incompréhension se mêlait à la colère et la peur montait crescendo autour de moi. Je n'écoutais plus, prenant soudain conscience que j'étais cette bête féroce. La nuit dernière, je n'avais eu aucun état d'âme, aucun regret au fur et à mesure que j'avais dévoré ces pauvres travailleurs. Je m'étais repue de chaque goutte de leur sang. Je les avais hypnotisés de ma puissance en faisant d'eux mes marionnettes. J'avais aiguisé mes crocs, bu avec plus de tempérance, avais enjolivé leur situation. Pourtant, j'avais écouté leur cœur s'éteindre à jamais. Mais je pouvais les réveiller et leur suggérer des images plus belles les unes que les autres. Je m'étais émerveillée de mes nouvelles capacités.

Il m'avait fallu deux baraquements pour découvrir mes nouveaux charmes et étancher ma soif sanguinaire. J'avais éprouvé ma force physique quand j'avais relâché la manipulation mentale par inadvertance. Douze travailleurs innocents y étaient passés. Je n'étais pas fière de moi. Non, j'avais même honte. Je n'étais qu'une abomination. Je passais de guérisseuse à voleuse de vie. Je me ratatinai dans un coin du grenier. Comment arrêter tout cela ?

En bas, le tapage des villageois grondait. Ils étaient déchaînés, à juste titre, voulant partir en guerre. J'aurais pu me rendre et leur dire que j'étais coupable afin qu'ils m'exterminent à tout jamais. Cependant, au fond de moi, j'avais peur de souffrir, ce qui m'empêchait de me dénoncer.

Choquée, je tenais malgré tout à cette abominable charogne que j'étais devenue.

Un couteau traînait, enfoncé dans une des cloisons de bois. De dépit et sans plus réfléchir, je sautai dessus et me tranchai les veines. J'observai mon sang coulant sur le plancher. Très vite, le flot s'arrêta. Très vite, ma peau cicatrisa. Je gémis d'effroi devant cette vie maudite qui s'accrochait à moi. Je n'avais pas le courage de me rendre ou de faire davantage de tests funestes.

Alors, j'attendis que les villageois partent en chasse. J'irais à l'opposé. Mieux valait que je ne les rencontre pas. Cette nuit, j'avais réalisé que ma force physique avait augmenté, que mes nouveaux pouvoirs m'assureraient de rester en vie. Cette dernière avait beau être indigne de tout ce que j'avais défendu avant, je ne pouvais me résoudre à la quitter. J'étais lâche, affreusement lâche.

Une fois que le moulin fut redevenu calme, je sortis de ma cachette en me dissimulant de la femme et des enfants du meunier. Ma gorge était apaisée, je n'avais pas faim. Douze hommes, il m'avait fallu pour étancher ma soif. Douze morts. Comment me tolérer après un tel comportement ?

Je passai chez ma mère afin de vérifier qu'elle allait bien.

— Qu'as-tu fait, Ismérie ? demanda-t-elle, outragée.

Je m'effondrai en larmes. Je n'avais rien pour me défendre. J'avais été très consciente de ce que je faisais la nuit dernière. Enfin, sur le moment, l'idée ne m'avait pas choquée. Seulement, je n'avais pas pu m'arrêter. C'était plus fort que moi. Je n'avais eu aucun état d'âme. Non, rien, même pas un sursaut de questionnement ou de regret.

Aujourd'hui, j'étais mal, mais hier, je m'étais transcendée dans mes méfaits.

— Je suis tellement désolée, maman... Claudine a raison, je ne suis qu'un monstre.

— Non, je ne peux pas y croire !

Nous tombâmes dans les bras l'une de l'autre. En cet instant, nous n'étions que malheur.

— Tu ne peux pas faire ça, Ismérie ! plaida ma mère au bout d'un moment. Ils vont te traquer. Tu as un nouveau rôle à jouer, maintenant. Tu peux encore faire le bien autour de toi, j'en suis certaine. Tu dois découvrir comment.

Il n'y avait que ma mère pour être aussi positive et bienveillante.

Cette dernière n'avait jamais voulu voir que Claudine prenait la vie de petits animaux chaque fois qu'elle lançait un sort. La magie noire avait besoin de vie. Heureusement, Claudine s'était vite lassée de tous ses efforts pour si peu de résultat. Elle avait vite baissé les bras.

Maintenant que je n'étais qu'une bête sanguinaire, ma mère osait encore croire que je pouvais faire le bien autour de moi. Mais comment ? Je n'étais qu'un monstre assoiffé de sang. Je n'arrivais pas à imaginer en cet instant ce qu'il pouvait y avoir de positif dans ma situation. Comment pouvais-je faire le bien ? La vie s'accrochait à la plus vile des abominations.

— Je vais faire de mon mieux, maman !

Je tentais de la rassurer comme je pouvais, mais je n'y croyais pas moi-même. Quand je repensais au plaisir que j'avais ressenti à boire tous ces hommes, je savais que je serais capable de recommencer. Je prenais conscience d'un autre phénomène : la colère n'avait fait qu'attiser ma soif. J'aurais pu me vautrer dans un bain de sang pour éteindre ce feu mortel. Ne sachant pas mettre fin à mes jours, je devais éviter toute contrariété qui ne ferait qu'exacerber mes instincts bestiaux.

Je repartis, emplie de bonnes résolutions, pour me cacher dans notre étable.

Albert devait me guetter car il vint rapidement me retrouver. Sa contrariété me faisait mal au cœur, accélérant son tempo. Mais je devais rester calme. La tempête était fatale.

Mon mari n'osait pas s'approcher.

— C'est toi qui as tué tous ces hommes, Ismérie ?

Je ne fis qu'acquiescer, portant ma tristesse et mon dégoût à bras le corps.

— Ils te cherchent ; s'ils te trouvent, ils te tueront !

Je n'avais jamais vu Albert si fatigué, si désespéré. Je réalisai que je les mettais en danger. Je devais partir.

— Je vais m'en aller loin, le temps de dompter ma nature, et puis je reviendrai. Peut-être pourrons-nous former à nouveau une famille ?

Je n'arrivais pas à dissimuler l'accablement

dans ma voix. Les épaules de mon mari s'affaissèrent, il baissa la tête. Je ne sais comment, je sus en cet instant qu'il ne croyait plus en moi, en nous, que tout était terminé. Je n'avais définitivement plus ma place ici. Mes tourments lacérèrent mon cœur. Ses derniers lambeaux me poussaient à fuir.

J'avançai vers la sortie de notre étable, sans m'approcher de mon mari. Je n'étais plus qu'un monstre probablement pour lui aussi. Je ne méritais plus son amour. Moi, qui le chérissais tant encore, ainsi que mes bébés. Je devais les quitter. Mais comment faire le deuil de personnes encore vivantes ?

Les yeux brouillés de larmes, je ne voyais même plus la paille que je foulais. Je savais simplement que je ne devais pas laisser de place à la colère.

— Attends, Ismérie. Tu dois te changer !

En levant la tête, je discernai tout au fond de lui l'amour qu'il me portait, ou plutôt à ce que j'avais été. Je hochai la tête et attendis qu'il revienne.

En fait, il me rapporta un sac en tissu contenant mes vêtements. Je ne dis mot. Comment pouvais-je l'accabler, alors que je lui laissais trois jeunes enfants, dont un bébé, à élever seul ?

— Prends le temps de te changer, m'invita-t-il.

Il sortit, accablé de douleur.

J'ouvris le sac. Mes quelques robes étaient entassées, avec mes sous-vêtements. Je me changeai et quittai notre ferme. Mes pas étaient lourds.

J'avais du mal à m'éloigner : tout me retenait ici. Mon cœur pesait de plus en plus, comprimant mon thorax. J'allais peut-être mourir de chagrin, finalement. Cette idée me rendit heureuse. Je voyais enfin une issue à mes problèmes.

Pourtant, mes pas s'allégèrent. Ce trop-plein d'émotions m'avait épuisée. Je me laissai tomber dans une vieille grange abandonnée et le néant m'envahit.

Quand je me réveillai, la journée était bien avancée. Lorsque je contournai mon village, j'entendis la rumeur enfler. Des murmures de mon prénom provenaient jusqu'à mon ouïe surnaturelle. Que se passait-il ? J'étais censée être morte. Pourquoi parlaient-ils soudain de moi ?

Je m'approchai de mon village et me cachai pour analyser la situation.

— Ma sœur est une vampire ! C'est elle qui a tué tous ces honnêtes travailleurs. Elle doit périr si vous ne voulez pas qu'elle décime tout Blancafort, clamait Claudine avec hargne.

Un brouhaha autour d'elle, d'incompréhension, mélange de mythes et de réalité, montait, me cassant les oreilles.

Pour les humains, les vampires, tout comme les sorcières, n'existaient pas. Évidemment, il y avait toujours eu des suspicions et bon nombre d'innocents avaient péri, accusés d'être l'un ou l'autre.

Un véritable capharnaüm verbal régnait. Claudine attisait les peurs, soulevait les âmes. Notre mère arriva, totalement désemparée. Elle tirait sa fille en arrière, tentant de la faire taire.

— Lâche-moi, sorcière ! cria Claudine à ma mère.

J'étais atterrée. Avait-elle perdu la tête ?

Elle allait tous nous faire tuer.

— Lâche-moi, sorcière, répétait ma sœur, hargneuse. Ce ne sont que des monstres ! Je suis la seule à être normale dans cette famille.

Notre mère, choquée, était sidérée. Les villageois se tournèrent vers elle pour l'observer attentivement.

— Vous savez que vous avez toujours pu compter sur moi, se défendait ma mère. Je ne fais que le bien.

La confiance la quittait au fur et à mesure que les habitants la toisaient et brandissaient leurs fourches.

— En même temps, je l'ai toujours dit, c'est pas très catholique, tout ça, affirma un habitant, jetant davantage d'huile sur le feu.

Ma mère, effarée, partit afin de ne pas attiser davantage la haine. Je m'écartai pour la rejoindre, l'emmener loin d'ici, la protéger s'il le fallait. La nuit dernière, mon comportement m'avait montré que j'étais plus forte que les humains. J'avais maîtrisé le moindre de ceux qui s'étaient réveillés.

— Ça va, maman ? Tu dois te protéger, cache-toi !

— Ta sœur est devenue folle, Ismérie.

Je n'osais pas lui dire qu'elle l'avait toujours été.

— Protège-toi, maman, Claudine ne comprend pas qu'elle va attirer la malédiction.

— Va surveiller ta ferme. Si, comme on le dit, les vampires sont puissants, les tiens auront besoin de ton secours.

Elle avait raison, je devais y retourner, malgré l'avis d'Albert.

Je resterais cachée dans les parages, le temps que cette affaire se tasse et que la paix revienne à Blancafort.

Je n'eus pas à attendre longtemps. Je voyais déjà au loin les flambeaux se diriger vers mon foyer. Je devais sauver les miens. Ces habitants enragés feraient le mal sur leur passage. Ma mère me rejoignit. Je voyais ses cheveux blancs briller dans la nuit, lui donnant une ombre fantomatique.

Nous pénétrâmes dans ce qui avait été mon foyer. Albert avait beau avoir fermé à clé, je n'eus pas de mal à casser ce pauvre chambranle.

— Réveillez-vous, dis-je. Vous devez partir immédiatement.

Mon mari se leva brusquement, affolé.

— Que se passe-t-il ?

Il avait posé instinctivement sa main sur mon bras. Ce simple geste me réchauffa le cœur. Il osait me toucher.

— Albert, pars avec nos filles. Les villageois viennent pour m'éliminer. Claudine les a convaincus que j'étais un vampire et que j'avais égorgé tous les travailleurs.

Le formuler me choqua ; pourtant, tout était vrai !

Mon mari soupira. Mes filles étaient toutes réveillées et observaient avec curiosité. Je commençai à rassembler leurs affaires.

— Vous devez vous sauver, insistai-je, ils sont capables de vous tuer.

J'avais tellement peur pour eux.

— Dépêchez-vous, les filles, réagit enfin Albert.

— Je vais préparer la charrette, dit ma mère.

Nous rassemblâmes au plus vite un nécessaire de voyage. Je pris Mireille dans mes bras. Je savais que ce serait la dernière fois. Je me retenais de pleurer. Mon bébé était tout aussi triste. Elle enlaça mon cou de ses petits bras potelés.

Arrivée à la charrette, je les aidai à s'installer sous une couverture. J'avais tellement peur pour elles, qu'il leur arrive malheur. Quelle situation catastrophique !

— Partez à Bordeaux, chez les cousins... Ils vous accueilleront, proposa ma mère. Ne revenez pas tant que je ne vous donnerai pas de nouvelles.

— Tu dois partir avec eux, maman.

— Non, ma fille, je resterai avec toi. Je ne t'abandonnerai pas.

J'étais sidérée. Elle ne pouvait plus rien faire pour moi.

— Sauve ta vie, maman !

— Albert, partez maintenant et prenez bien soin de mes petites-filles, annonça ma mère d'un air déterminé, en m'ignorant.

Aucun doute dans sa voix. Mon mari acquiesça, se tournant vers moi. Il osa poser ses lèvres sur les miennes en guise d'adieu. Notre amour n'avait pas eu le temps de se faner ; pourtant, le sort en avait décidé autrement.

J'embrassai mes filles une dernière fois et les regardai partir, épouvantée.

7 – Prière mortelle

J'étais terrifiée. Ma mère n'en menait pas large, elle non plus. Quelques jours de malheur suite à une mauvaise rencontre pouvaient ruiner bien des vies.

Si mon mari et mes filles avaient disparu de ma vue, c'est qu'ils étaient déjà loin, sains et saufs. Cela me soulagea énormément. Ma mère n'avait pas voulu quitter ma ferme, alors je restai à ses côtés. Elle affirmait devoir régler cette difficulté maintenant car si je me cachais, ces fous furieux iraient droit chez elle.

Le brouhaha s'approchait de nous. Je ne savais pas ce qui allait se passer, mais rien de bon ne sortirait de cette rencontre.

— Que disent-ils ? demanda ma mère.

« À bas la sangsue ! »

Cependant, je préférai ne pas le lui avouer.

Devant mon silence et ma peur, je sentis la bulle de protection maternelle se former autour de nous.

— Tu aurais dû te sauver, Ismérie, me reprocha-t-elle tendrement.

— Et te laisser seule ? Tu es en danger toi aussi, maintenant !

— Claudine le sera tout autant quand ils seront occupés de nous.

Je ne répondis pas. Le sort de ma sœur était le cadet de mes soucis. Certes, j'avais tué impunément, mais Claudine avait fait lever un vent de colère qu'elle ne maîtriserait pas, même si elle pensait se donner le bon rôle.

— Mmmm... Je les entends, maintenant, constata ma mère, amèrement.

Oui, et leur discours n'avait pas changé. Nous restâmes dans la cour pour les accueillir. Ma mère déversa toute la paix et la sérénité qu'elle pouvait. Je craignais que le raz de marée de colère nous submerge.

Les flambeaux faisaient étinceler les piques de leurs fourches, dont ils martelaient les manches au sol. Le mélange d'insanités et de coups sur les pierres de ma cour égratignait mes oreilles devenues hyper sensibles. Nous restions stoïques face à leur rage. Il serait impossible de les raisonner.

Soudain, le premier rang baissa ses fourches. Comprenant que nous étions perdues, je m'élançai pour les repousser.

— Sauve-toi, maman !

Leur haine était trop forte. Ils ne désiraient qu'une chose : nous exterminer. La mort serait pour moi un soulagement. Cependant, ma mère ne méritait pas ce triste sort. Je fus soudain en colère. Les effluves de leur sang me sautaient aux narines, attisant ma soif de prédateur.

Je rugis telle une bête pour les repousser. Ils

crièrent plus fort que moi encore. Ils étaient prêts à en découdre. Je tentai de les écarter par ma colère, dévoilant mes crocs, ma rage à moi aussi. Je fus vite embrochée. Les premières dents pénétrèrent mon abdomen et me transpercèrent sans le moindre effort.

— Non ! hurla ma mère.

La douleur me submergea. Un gargouillis m'échappa dans un couinement plaintif. Je retins avec ma main le sang que je crachais. Ma mère approcha pour me soutenir.

— Recule, sorcière ! tonna un villageois.

— Vous n'avez pas honte ?! Tous ces enfants que nous avons sauvés de la maladie... Ces femmes qui ne sont pas mortes en couches, et vos cultures, vos bêtes... Vous n'avez pas honte ?!

Ils eurent un instant de recul. J'étais totalement sidérée par ma souffrance, notre situation. Le silence s'était fait autour de nous, menaçant. Mélange de terreur et de colère de toute part.

Au moment où je croyais qu'ils revenaient à la raison, une fourche buta dans les côtes de mon flanc droit. Mes os l'arrêtèrent net, mais je basculai sur ma mère. Quand nous fûmes à terre, ils s'en donnèrent à cœur joie pour prendre la moindre parcelle de notre vie.

J'avais réussi à me débattre et monter sur ma mère pour la protéger. Moi, je pouvais mourir, je n'étais qu'un monstre. Elle, elle devait vivre. Elle n'était que bienveillance et compassion. Ils n'avaient pas le droit d'ôter la vie à une si belle sorcière blanche.

Ils s'acharnèrent tandis que nous gémissions. Mon corps était ballotté, sanguinolent, mais je tenais bon. Je m'accrochais à cette personne si chère à mon cœur pour maintenir un rempart.

J'avais de moins en moins d'énergie. La vie me fuyait. Mes yeux papillonnaient. Je n'arrivais plus à les garder ouverts. Je m'éteignis ou je crois bien que je mourus, enfin.

Soudain, je revins à la vie. Il faisait encore jour, même si le soleil déclinait. J'ouvris grand les yeux. Je me relevai d'un bond dès que je pris conscience que j'écrasais ma chère mère. Elle semblait morte, couverte de sang.

J'éclatai en sanglots et tombai sur sa poitrine. Je m'en voulais tellement. J'avais survécu, alors que j'étais le terrible monstre à abattre.

— Ismérie, ne pleure pas, ma chérie, souffla-t-elle.

Je relevai la tête, elle vivait.

— Je vais te soigner, maman.

Elle pinça la bouche de douleur.

— Trop tard pour moi...

Non, je refusais d'y croire. Elle devait survivre. Je devais pouvoir la guérir.

Je ramassai son corps blessé pour l'emmener chez moi. Elle gémissait de douleur. Je remerciai ma force vampirique d'avoir des points positifs. Peut-être que je pouvais faire davantage avec mes nouveaux pouvoirs ? J'osais y croire. Je secouais son corps frêle le moins possible afin d'atténuer ses souffrances.

À l'intérieur, tout était cassé, les matelas étaient retournés, les meubles éventrés. Je n'avais même plus une once de rage en moi. Je désirais simplement que ma mère survive. Je l'allongeai sur un des matelas en laine, à terre.

Elle peinait à garder les yeux ouverts. Je la tâtai délicatement. Son abdomen, tout comme le mien, était percé. Alors que j'avais totalement cicatrisé, ma mère continuait de saigner. Ses organes internes avaient été transpercés. Ma mère frissonna. Je posai ma main sur son front en douceur. Elle avait de la température.

Malheureusement, j'avais été la seule autre guérisseuse de la région et maintenant, je n'étais plus rien.

Malgré tout, je tentai d'apposer mes mains au-dessus de ses blessures afin de la guérir. Je devais pouvoir faire quelque chose. J'avais eu de si grands pouvoirs, il était inconcevable que l'on m'ait tout enlevé. J'insistai, rassemblant toute mon intention de guérison. J'y croyais fort. Mais j'avais beau insister, aucun effet ne se produisit. Il ne se passa absolument rien. Aucun flux magique ne sortait de mes mains.

J'avais beau penser aux runes de guérison, je les voyais se dessiner mentalement, mais elles avaient perdu le don. Je levai les yeux vers le ciel, appelant le cosmos à sauver ma mère ; qu'il prenne ma vie. Je n'étais qu'une sangsue monstrueuse, je ne méritais pas d'exister.

Pourtant, aucune réponse ne me parvint. Hormis que ma mère tremblait de plus en plus en gémissant. J'enveloppai une de ses mains tendrement entre les miennes. Je caressai sa tête, espérant lui amener tout le réconfort possible en cet instant.

Je pris soudain conscience que si j'avais été vampirisée, je pouvais peut-être le faire à mon tour pour ma mère que je chérissais tant. Je n'avais pas le cœur de l'abandonner, de la laisser mourir.

J'observais son corps quasiment sans vie maintenant. Elle plissait les yeux de temps en temps. Elle avait une telle hémorragie que son enveloppe corporelle ne contenait quasiment plus une seule goutte d'hémoglobine.

Je soupirai de découragement. Je n'étais qu'un vampire ignorant. Non seulement je n'étais pas sûre d'en avoir toutes les propriétés, mais en plus, j'avais fini par attaquer celui qui m'avait mordue pour survivre.

Je tentai désespérément le tout pour le tout. Si je m'accommodais de ma situation, ma mère le ferait aussi. Je mordis dans mon poignet et le posai délicatement sur la bouche de ma mère. Je ne savais absolument pas si cela marcherait. Cependant, c'est en avalant le sang de mon vampire que j'avais réalisé ma transformation.

Ma mère bougea les lèvres.

— Non, souffla-t-elle en ouvrant les yeux.

Elle avait déjà perdu la couleur de ses beaux yeux bleus.

— Il faut essayer, maman, pleurai-je.

Son regard se fit plus vif tout à coup, comme si

elle avait retrouvé un sursaut d'énergie.

— Même si nous le voulions, il est bien trop tard. Laisse-moi partir en paix. Laisse-moi rejoindre le cosmos. Ma magie se répandra à nouveau dans l'univers.

Il n'y avait que ma mère pour avoir de telles pensées. J'y croyais tellement fort... avant, mais on m'avait tellement pris. Comment y croire encore ?

— Tu retrouveras ta magie, Ismérie... Aide-moi à partir en paix.

J'acquiesçai en ravalant mes larmes. Je ne voulais pas donner cette dernière image à ma mère. Je rassemblai toute la miséricorde que je pouvais trouver autour de moi afin de pardonner, d'oublier ma colère et l'injustice. Je ne pensai qu'à l'amour. Celui que j'avais ressenti pour ma mère adorée, pour Albert, pour mes filles chéries. Je me remplis de tout ce bon sentiment jusqu'à en déborder. J'inspirai profondément pour faire monter encore plus haut mon niveau énergétique. Et je le sentis, ce nouveau pouvoir. Ce n'était plus mon don de sorcière. Non, c'était autre chose, tout aussi puissant, tout aussi beau, tout aussi blanc.

Alors, j'entonnai un chant mélodieux. Un hymne à l'amour, à la liberté, que nous chantions régulièrement pour honorer la magie blanche. Les traits de ma mère se détendirent pendant que je la berçais. Elle écoutait, esquissant un sourire, profitant de ses derniers contacts corporels qui la rattachaient à la terre. Son corps scintillait de mille lumières. Petites constellations qui s'élevaient vers l'univers. La magie retournait à la source du cosmos. Je profitai de ce merveilleux moment d'amour et de paix jusqu'à son dernier souffle.

Elle était belle, regardant le ciel qu'elle ne pouvait apercevoir, souriant de cet instant de sérénité. Je fermai ses beaux yeux qui avaient été aussi lumineux que les miens.

Je soupirai de ce soulagement. Ma mère m'avait donné sa dernière leçon de vie. Je l'enfouis au plus profond de moi pour ne pas la perdre.

Il me vint à penser qu'il pouvait sortir quelque chose de positif de ma nouvelle situation.

J'allai trouver une pelle. Je ne voulais pas partir sans l'enterrer. Je creusai un trou sous cet arbre qui nous abritait pour les siestes ou les jeux. Il n'y avait que de bons souvenirs ici. Une fois que ce fut fait, j'enroulai ma mère dans un drap et la déposai délicatement.

Les choses se gâtèrent au moment où je la recouvris. Maudite colère qui montait à nouveau. On aurait dit que chaque pelletée ne faisait que l'augmenter. Je me sentis à nouveau prise à la gorge. Je tentai une dernière prière pour que ma mère repose en paix, mais une colère funeste couvait. Une fois ma tâche terminée, je courus chez ma sœur.

Il faisait nuit noire. Je surpris sa famille en plein sommeil. Ses enfants pleurèrent tandis que son mari sortait. Je n'avais pas beaucoup de temps. Il risquait de revenir armé.

— Qu'as-tu fait, malheureuse ? criai-je.

— Tu n'es pas morte ?

Son air renfrogné me montrait toute sa déception.

— Non, mais maman l'est, elle !

Ses traits se figèrent pendant une fraction de seconde, pas plus, et sa haine refit surface.

— Eh bien, tu aurais mieux fait de la suivre. Je suis allée voir la vieille Gadot, elle a jeté la malédiction sur ta famille.

— Pauvre folle ! Nous sommes du même sang. La malédiction touchera tout autant les tiens !

Mon beau-frère revint avec une fourche. Je sortis en coup de vent en le poussant. Je n'avais plus rien à faire ici. Je les abandonnai à leur triste sort.

Je repassai chez moi, pour récupérer quelques affaires. Je quitterais la région pour rejoindre Bordeaux : je devais m'assurer que mes filles et Albert allaient bien.

Au passage, je m'arrêtai chez la vieille Gadot. Elle ne connaissait que la sorcellerie la plus abjecte. Je détestais cette femme. Elle vivait recluse dans une espèce de cabanon au milieu de la forêt. Il était bien rare qu'elle ait de la visite. Même les animaux ne s'aventuraient pas sur son territoire. Elle utilisait toute vie pour lancer le plus petit sortilège. Dans notre monde, elle était connue comme la peste noire. Plus je m'approchais, plus ma rage revenait en force.

— Je t'attendais, dit la vieille sereinement.

Elle m'observa de la tête aux pieds et s'arrêta sur mes crocs. Je fulminais, bien loin de son calme. Je me retenais de tout casser. J'en tremblais de fureur.

— Alors, ta sœur disait vrai... Tu viens pour me tuer !

— Pourquoi avoir lancé la malédiction sur ma famille ?

Elle ricana.

— Tu sais très bien que tout est question d'équilibre. Si des sorcières comme toi sont là pour faire le bien, il faut bien que d'autres contrebalancent...

Elle eut à peine terminé sa phrase que j'avais ouvert sa boîte crânienne d'un coup de rondin de bois. Son corps s'affala, son sang se répandit. Je restai stoïque devant ma force enragée. Je reposai le rondin sur le tas et m'en allai.

8 – Rencontre surnaturelle

Les jours étaient passés, ainsi que les semaines. Je voyageais en cachette. J'arrivais parfois à monter dans une charrette. Mon pouvoir de discrétion s'était affiné au point que j'en devenais totalement transparente. Je profitais des différents moyens de locomotion à ma disposition, pourvu qu'ils aillent dans la bonne direction. Parfois, je marchais la nuit, profitant de la nature. Je me cachais le mieux possible pour dormir, évitant au maximum les dangers.

Je manipulais mes victimes au point de les rendre consentantes pour m'alimenter. Je savais maintenant les maintenir en vie. J'en étais soulagée. Tous les jours, je buvais. J'avais compris que la mort ne me cueillerait pas facilement. Alors, autant m'adapter. Je ne voulais pas redevenir cette bête sanguinaire qui avait pris la vie de nombreux hommes en une seule nuit. Pour dompter ma soif, je n'avais rien trouvé de mieux que de prendre quelques gorgées tous les jours. Je ne buvais que des humains et de préférence des hommes forts. Je pouvais aisément leur faire une petite ponction sans entamer leur capital santé. Ils avaient tous un goût différent. Certains étaient délicieux. J'étais même capable maintenant de les sonder avant de les goûter, commençant à trier pour choisir mon meilleur repas quotidien.

Est-ce que je m'alimentais trop ?

Bien possible, mais je n'avais rencontré aucun autre vampire, personne pour me guider.

Je ne buvais plus d'animaux. Même si j'appréciais le fumet de certaines espèces, je n'appréciais pas les poils qui restaient coincés dans mes crocs. Et puis, la plupart étaient bien trop petits pour me rassasier.

Il n'était pas dans ma nature de faire du mal aux espèces vivantes. Malheureusement, je ne savais pas encore comment rendre honneur à mes nouvelles capacités. Ces compétences en manipulation semblaient effrayantes. Je n'en avais pas encore trouvé les limites. Cependant, j'avais constaté que je pouvais me rendre invisible auprès de plusieurs dizaines d'humains. Du coup, je traversais villes et villages sereinement, même en plein marché.

Je poursuivais mon voyage pour atteindre Bordeaux. Je n'étais habitée que par une chose : m'assurer qu'Albert et nos filles allaient bien. Au fil de mon voyage, un mélange d'émotions s'était emparé de moi. La colère, la frustration et la solitude me pesaient. Je passais d'une famille aimante et d'un engagement très fort envers les villageois de Blancafort à l'isolement. Je devais m'habituer à ne plus avoir aucun contact, telle une bête pestiférée. D'ailleurs, j'évitais de penser à mon ancien village. À cause d'eux, j'avais tout perdu : ma chère mère, ma famille chérie. La nostalgie s'emparait de moi quand la colère s'épuisait.

Existait-il d'autres vampires ?

Vraisemblablement, je n'avais plus ma place auprès des humains. En avais-je une auprès de mes nouveaux congénères ? Je ne les connaissais pas bien ; cependant, je n'avais jamais entendu parler de vampires diurnes. Il en courait, des mythes, mais pas celui-là. Ce détail ne me disait rien qui vaille. D'une manière générale, la différence était rarement acceptée.

Je ruminais toutes ces pensées sans discontinuité. Je trouvais l'apaisement uniquement dans la contemplation d'un beau paysage. Je m'arrêtais alors quelques instants pour m'absorber dans sa lumière, ses couleurs, ses parfums. J'ouvrais tous mes sens pour ressentir le moindre détail jusqu'à ce que les ruminations s'emparent à nouveau de ma cervelle, signe que je devais reprendre ma route.

En fait, j'avais un autre moment de paix. Je n'arrivais cependant pas à le savourer. Je perdais conscience quand je me régénérais. Cela n'avait rien à voir avec le sommeil. C'était comme si je m'éteignais, puis m'allumais à nouveau. Ces quelques heures n'étaient pas palpables, impossible d'en avoir conscience. Elles m'échappaient totalement. Je savais maintenant que j'étais absente environ huit heures. Je l'avais vérifié en prenant du repos auprès du clocher des villages quand je le pouvais. Un autre paramètre que je ne maîtrisais pas : je ne choisissais pas mon heure. Je m'éteignais tous les jours, que je le veuille ou non. Maintenant que j'avais compris cela, je me dissimulais plus sûrement. Je ne me laissais plus tomber dans un fossé. Bien possible que personne n'aurait pu me tuer. Malgré tout, j'éprouvais toujours de la douleur et elle n'avait rien de plaisant.

Enfin, j'arrivai dans les vignes de mes cousins et ainsi près de mes bébés, mon mari. La peur me prit soudain aux tripes. La peur de les revoir ? La peur que leur vie soit un calvaire ? La peur que je ne puisse plus partir et les laisser à leur nouvelle vie ? Je n'étais que peur. J'en tremblais tellement que cette dernière m'envahit. Je regardai autour de moi pour trouver un humain. Le sang apaiserait mes émois.

Cependant, j'étais sur les terres familiales et je ne désirais pas boire les miens. Alors, je m'éloignai pour regagner un autre domaine. Les vendanges allaient bientôt commencer et la main-d'œuvre affluait. Mais je devais rester prudente. Personne ne devait déceler la présence d'un vampire si je ne voulais pas qu'un scandale sanguinaire explose à nouveau.

Je pouvais aisément me cacher des humains. En revanche, même si les sorcières étaient peu nombreuses, elles pourraient facilement me découvrir. Les vampires ne pouvaient pas boire les sorcières... Enfin, normalement. Les sorcières n'avaient pas de pouvoir contre les vampires.

Donc ces deux espèces s'évitaient au maximum.

Par précaution, je tentais de faire taire ma colère afin de ne pas véhiculer l'animosité. Je pensais à ma bienveillance passée, tout ce à quoi ma vie se raccrochait... avant. J'éteignis la nostalgie. Je n'étais pas encore capable de ressentir de la gratitude envers le cosmos, d'avoir survécu sous cette nouvelle forme, mais j'espérais atteindre ce niveau... un jour.

Au loin, j'aperçus un homme bien bâti en train de préparer les rangs de vigne. Mes instincts de prédateur m'indiquaient qu'il était seul. Je m'approchai tranquillement sans vraiment me montrer à lui. Mon étiquette de monstre me collait à la peau, alors je me cachais du mieux possible de mes proies. Je l'invitai à me rejoindre, assise à l'ombre des pieds de vigne. Je lui véhiculai tout d'abord des sensations de fatigue, de coup de chaleur. Puis j'enchaînai avec l'idée de prendre un bon repos à l'ombre... se délasser... se détendre... Mes vagues de magie blanche l'ensorcelaient, le charmaient. Je restais émerveillée par mes nouvelles capacités. Quand j'attirais un homme dans mes filets, je mettais toujours beaucoup de bonheur.

Sans que j'aie besoin de proférer un seul mot, ce grand gaillard vint s'asseoir à côté de moi, un sourire radieux aux lèvres. Je ne savais pas à quoi il pensait et je ne désirais surtout pas le savoir. Cependant, tout, dans ses traits et son attitude, me montrait que de belles images et sensations circulaient dans son être. Il s'installa dans mes bras, posant tendrement sa tête sur mon épaule. Mes crocs s'affûtèrent devant cette veine palpitante sous sa peau tendre. Je salivais. Ma gorge me brûlait. La soif se manifestait. Je redoublais mes vagues de charme pour ne pas lui faire de mal. La morsure d'un vampire restait douloureuse. Je posai mes lèvres délicatement au creux de son cou. Son odeur me submergea. Je pris une plus grande inspiration pour m'envelopper de sa fragrance. Je ne tenais plus.

J'ouvris grand la bouche et perçai sa peau, sa jugulaire d'un seul coup. Une légère tension dans ses épaules m'informa que cet homme avait été sensible à la morsure. Alors, je l'emmenai plus loin dans ses rêves pendant que je m'abreuvais à grandes goulées de ce divin festin. Chacune de mes cellules hurlait de plaisir, comme si elles revenaient à la vie. Mes papilles se délectaient de cet homme. Je taisais ma honte. Je noyais ma colère, laissant mes plus bas instincts se nourrir, s'apaiser.

Ma proie restait calme. Les battements de son cœur s'accéléraient, mais je savais qu'il allait bien. Probablement que ses pensées l'emmenaient vers des contrées plus dynamisantes. Il les vivait pleinement. Je mis fin à mon repas tranquillement, fière de moi, de cette maîtrise que j'avais acquise. Je léchai les deux petites plaies sur son cou afin de faire disparaître totalement mon méfait. Je m'étais rendu compte par hasard que la salive de vampire avait un haut pouvoir de cicatrisation.

Après m'être assurée que cet homme allait bien,

je repartis à la recherche des miens. Je me sentais plus calme. Je pouvais maintenant faire face à la situation.

Je retournai sur les terres de mes cousins et sondai les humains, cachée dans un bosquet. Je lançais mes ondes comme on déploie un filet. J'étais capable de les repérer à plusieurs centaines de mètres autour de moi. C'était bien pratique quand j'avais faim. Mais là, je cherchais autre chose. Je posai l'intention de reconnaître mon sang. Même si le mien avait changé, quand nous étions encore à Blancafort, je percevais mes filles. Malheureusement, aucune des personnes autour de moi ne le portait.

Je me déplaçai vers d'autres bâtiments et recommençai. Toujours rien. La nuit était tombée, mais je ne me laissais pas aller au désespoir. Au loin, une petite chaumière éclairée m'attirait. Je m'enveloppai de mon voile de discrétion et m'en approchai.

Mes filets continuaient de se déployer autour de moi. Tout à coup, mes cellules frétillèrent. Ces dernières avaient détecté mon sang. Il était là, à portée de main.

Je me cachai au coin d'une fenêtre et regardai à l'intérieur. Albert et mes trois filles étaient là. Mélange de bonheur et de solitude. Je pouvais enfin les voir, mais je n'avais pas le droit de me manifester. Eux comme moi, nous devions tourner la page. Clouée sur place, je restai un moment à profiter du spectacle des miens, pendant leur repas, puis quand Albert coucha nos filles.

C'était plus fort que moi, je me déplaçai de l'autre côté de leur maisonnée, ne pouvant m'empêcher de les contempler.

Mon cœur saignait de tristesse à l'idée de ne pouvoir border mes filles, comme j'avais l'habitude de le faire, de les chérir avant de s'endormir. Je tins bon, m'empêchant de pénétrer dans la maison. Mes filles allaient bien. Elles souriaient régulièrement. Albert, quant à lui, gardait sur ses traits une certaine tristesse que je ne lui connaissais pas, quand il souriait. Il était toujours aussi beau, même s'il semblait fatigué. Que c'était difficile de tous les admirer, poursuivant cette vie qui m'était maintenant interdite.

Soudain, des ondes que je n'avais jamais ressenties jusqu'ici vinrent à moi. Ou plutôt si, cette fameuse nuit où un vampire m'avait trouvée. C'était le même phénomène. J'étais tout à la fois curieuse et peureuse de rencontrer un de mes congénères.

Je scrutai les alentours pour le trouver. Je craignais tout à coup que cette bête à crocs s'en prenne à ma famille.

Après tout, je devais pouvoir me montrer à lui et surtout l'éloigner de cette maison pour garder les miens en sécurité. Je conservai mon voile de discrétion et partis à sa rencontre. Je le trouvai facilement, caché dans un sous-bois.

En fait, ils étaient trois. Deux hommes et une femme en train d'échafauder des plans pour leur futur festin, les yeux rivés sur la maisonnette que je venais de quitter. La colère m'étreignit. On m'avait déjà assez pris. Qu'ils laissent les miens en paix.

Je me révélai à eux. Quelle ne fut pas leur surprise de me découvrir alors qu'ils ne m'avaient pas vue venir.

— D'où tu viens comme ça ? demanda l'un d'eux pendant que les deux autres reculaient.

— Oh, de-ci, de-là...

— Tu as trouvé ton pique-nique ?

Je tiquai. S'il y avait bien une constante chez les vampires, c'était qu'ils se nourrissaient de sang.

— Cette maison n'est pas comestible, affirmai-je avec assurance.

— Comment ça ? demanda la vampire.

— Il y a des sorcières... Vous ne les sentez pas ?

Ils reculèrent encore à l'idée de ce sang mortel. Cependant, je les devinais en train d'étendre leurs sens pour vérifier mes dires.

— Je ne sens rien, mais nous sommes trop loin, répondit la femme.

— J'en viens (je haussai les épaules en signe de nonchalance)... En revanche, de l'autre côté, il y a pas mal de grands gaillards.

Je tentai de sourire du mieux possible pour m'assurer leur confiance. Je diffusai de fines ondes d'invitation à aller voir ailleurs afin de préserver les miens.

— Alors, allons-y, ne prenons pas de risques avec ces maudites sorcières... conclut un des vampires, son croc étincelant dans la nuit.

Quelle ne fut pas ma surprise de voir qu'ils

m'emboîtaient le pas, gardant tout de même une certaine distance. Je restais à la même hauteur et les surveillais du coin de l'œil. J'avais l'impression qu'instinctivement nous évaluions nos capacités réciproques.

9 – Toujours plus loin

Je n'étais pas très rassurée. Première fois que je rencontrais des congénères. Ces trois vampires m'épiaient bien trop pour que notre relation commence honnêtement. Cependant, je n'avais pas l'impression qu'ils tentaient de me manipuler, ou alors je n'étais pas réceptive. Leur attitude montrait qu'ils étaient aux aguets, mais je ne les voyais pas émettre leur pouvoir psychique.

Je les traînai vers un autre domaine viticole, bien loin des miens. Ils acceptèrent, même si je sentais une certaine réticence. Je restais plus que discrète dans mon invitation. J'étais déjà certaine qu'ils ne voyaient pas mon don.

L'un d'eux, habillé d'un costume défraîchi, d'un autre temps, se promenait avec un pied de biche à la main, ce qui n'était pas très rassurant. Je crois bien que leur curiosité à mon encontre était trop forte. Pour ma part, c'était l'occasion de me faire de nouvelles relations. La solitude me pesait. Peut-être que je pouvais trouver une nouvelle famille parmi eux.

— Tu es seule ? demanda la femme à crocs, nonchalamment.

Cette vampire semblait apprêtée. Sa jolie robe était propre et bien repassée. Elle contrastait avec la négligence vestimentaire de ses compagnons.

Je hochai simplement la tête et marchai, tous mes sens ouverts. Je restais concentrée du mieux possible sur mes trois compères. Cependant, la nature autour de moi m'appelait sans cesse avec tous ces insectes qui grouillaient dans les champs, les rongeurs qui se cachaient dès qu'ils nous sentaient, la végétation qui bruissait sous cette légère brise. Malgré cette nuit d'une totale obscurité, j'y voyais comme en plein jour. Autant dire que j'étais vite distraite.

— Ça ne fait pas longtemps que tu es vampire ? renchérit Jolie Robe.

Alors, ça sautait aux yeux tant que ça. Je restai stoïque.

— Où est ton maître ?

J'imaginais qu'elle parlait du vampire qui m'avait transformée.

— Un accident mortel, résumai-je.

Je n'osais pas dire que j'étais une ancienne sorcière. Les villageois de Blancafort m'avaient justement démontré que les différences et l'inconnu faisaient peur. Je n'étais pas encore suffisamment experte en capacités vampiriques pour me laisser aller à de telles confidences. Les événements récents m'avaient amenée à plus de prudence.

Nous arrivâmes aux abords d'un bâtiment. À l'étage, des humains dormaient.

— À toi l'honneur ! me proposa Pied de Biche

en m'indiquant la porte.

Pourquoi souhaitait-il que je l'ouvre ? Ce comportement était plus que suspect.

Je tournai la poignée, en vain.

— C'est fermé à clé, chuchotai-je.

— Prends ça et force un peu.

Je pris le pied de biche qu'il me proposait et l'insérai dans l'encadrement épais de la porte. Je fis levier sans réussir à ouvrir. Je fus la première à être surprise. J'avais écrasé d'un coup de rondin le crâne de la vieille sorcière et pourtant je n'avais pas assez de force en cet instant. Cependant, j'étais envahie par la rage quand je l'avais tuée. Est-ce que cela faisait une différence sur ma force physique ? En cet instant, il fallait bien l'avouer, je n'avais pas faim et aucune motivation pour faire mal à ces humains. Pourquoi les suivais-je, d'ailleurs, ces trois-là ? En y regardant de plus près, je me sentais en danger. Était-ce mon instinct de survie ?

Quand je me retournai vers mes compères, je les trouvai décontenancés devant mon incapacité.

Je tendis à nouveau le pied de biche à son propriétaire. Comme il avançait, je reculai. Il sembla à peine forcer que la porte s'ouvrit. Pourtant, les serrures et le bois étaient très épais. Ce vampire était donc bien plus fort que moi. Je devais rester vigilante. Un petit sourire narquois naquit sur leur visage.

— Tu as quoi comme pouvoir ? demanda Jolie Robe.

— Je ne sais pas trop.

Je haussai les épaules. Ils comprirent que j'étais totalement novice. De peur, je reculai. Croc Étincelant m'empoigna le bras.

— Reste avec nous, t'es jolie et je n'ai pas de compagnie.

Ses crocs brillaient, ne me disant rien qui vaille. Est-ce que les vampires se buvaient entre eux ? Celui-ci avait beau avoir du charme, son attitude arrogante ne me plaisait pas du tout.

— Je passe par le grenier, chuchota la vampire en observant l'ouverture, probablement d'un grenier, au-dessus de nous.

Sa parole à peine achevée, elle s'élevait dans les airs, probablement à cinq mètres environ, pour se poser en douceur sur un plancher en bois. Un humain n'aurait pas pu détecter le bruit.

— Garde-la avec toi, exigea Pied de Biche pendant qu'il pénétrait par la porte qu'il avait cassée.

Déstabilisée face à leur attitude carnassière, je savais que je ne ferais pas le poids. Ils semblaient redoutables. Je me faisais l'effet d'un agneau au milieu de loups. Croc Étincelant ne me lâchait plus, à mon grand désespoir. Je n'avais plus qu'une hâte : fuir.

Nous montâmes à l'étage et débouchâmes dans un grand dortoir. La main-d'œuvre de la vendange dormait tandis que les vampires se pourléchaient les babines en les admirant. Jolie Robe était déjà là et ses ondes se déversaient sur les quelques dormeurs autour d'elle, afin de les étourdir dans leur sommeil.

— Un bon festin nous attend, affirma-t-elle.

Ses vagues, couleur sable, étaient désordonnées. Son flux n'était pas continu. Son pouvoir de sidération était plus faible que le mien. Cela me rassura grandement. Pouvais-je avoir l'ascendant sur elle d'une autre façon ?

Ils prirent chacun un coin de la pièce pour hypnotiser toutes ces victimes, me demandant de me charger d'une partie. Je me rendis bien vite compte que mon pouvoir de manipulation était bien plus grand que le leur, puisque j'aurais pu à moi seule tromper toutes ces bonnes gens. De plus, leur attitude me confirmait que ces vampires ne visualisaient pas les dons. Autant je voyais leur pouvoir se déverser, autant ils ne se rendaient pas compte que je faisais semblant. Je devais trouver une solution pour que tout cela ne se termine pas en carnage.

Je cachai un des lits et ordonnai à son dormeur de se réveiller pour allumer sa lampe à huile. J'espérais que cela générerait suffisamment d'agitation. Mon don enrobait consciencieusement cet homme pour l'informer d'un danger imminent, qu'il devait se réveiller immédiatement. Rapidement, il ouvrit les yeux. Comme un robot, il alluma sa lampe, désorienté.

— Que se passe-t-il ? cria-t-il en se levant.

Les trois vampires sursautèrent.

— Elle est vraiment bonne à rien ! lâcha Pied de Biche.

Je ne dis mot. Je déversai un tsunami afin que tous se réveillent, effrayés. Dès ma première vague, ils furent tous sur pieds en train de crier.

Les vampires, surpris et n'ayant pu faire leur office, disparurent en une fraction de seconde. Un vent magnétique s'éleva à l'intérieur du bâtiment. Des ailes de chauve-souris battirent à mes oreilles et je me retrouvai seule au milieu de tous ces hommes éveillés. Ces derniers se tournèrent tous vers moi, me questionnant dans un brouhaha d'enfer.

Je les ensorcelai à nouveau pour disparaître de leur vue et de leur mémoire en sortant prudemment. Je repris l'escalier. Je n'avais pas le temps de tenter de me sauver en m'envolant. Je ne savais pas comment faire une telle chose.

Je me sauvai à travers la campagne pour trouver un abri car je n'avais pas dormi depuis un moment.

Le lendemain, j'étais toujours dans les parages. Je n'arrivais pas à me défaire des miens. Je restais là, à me cacher pour les contempler. Je me nourrissais de nostalgie. Je la laissais m'envahir, chérissant en pensées Albert et mes bébés. Je devais envoyer, malgré moi, bien trop d'amour car Albert relevait régulièrement la tête et scrutait autour de lui, comme s'il cherchait quelque chose ou quelqu'un.

Je ne vis pas la nuit tomber, mais je sentis immédiatement les vampires.

Dépitée, j'allai à leur rencontre. Je devais les éloigner de ma famille.

— Te voilà ! Je craignais qu'ils ne t'aient supprimée, nous te cherchions, dit Croc Étincelant, d'un regard lubrique, en me sautant quasiment dessus.

Je reculai pour me défaire de sa poigne, mais il tenait bon.

— Tu me fais mal, soufflai-je.

— Pardon, j'ai un peu trop de force.

Son sourire d'excuse me montrait qu'il n'avait pas fait exprès. Il me lâcha, mais resta bien trop proche de moi, envahissant mon espace vital. Je n'avais pas connu d'autre homme que mon mari et n'avais pas envie d'en découvrir d'autres pour l'instant. Celui-là était bien trop envahissant à mon goût. Il n'arrêtait pas de lorgner ma poitrine généreuse. D'ailleurs, mes seins étaient serrés dans mes robes depuis que j'avais changé de nature, si bien qu'ils avaient tendance à déborder de mon décolleté. Je me sentis tout à coup petite auprès d'eux, ayant l'impression d'être à leur merci.

— Où as-tu dormi ? demanda-t-il.

— Dans la forêt.

— Tu t'enterres ?

Je me rappelai soudain que je ne partais pas en cendres. Une alerte sonna en moi, m'obligeant à la prudence.

— Bien sûr, mentis-je.

Je le regardais le plus innocemment possible. Il paraissait tellement séduit par mes charmes que je me demandais si je ne l'avais pas hypnotisé malgré moi. En regardant les deux autres vampires, je vis qu'ils m'observaient eux aussi avec convoitise. Je dissimulai ma peur, prenant un air badin. Je devais leur fausser compagnie à la première occasion.

— Tu dormiras avec moi et je prendrai soin de toi, conclut Croc Étincelant.

Je ne le détrompai pas par crainte de représailles. Cependant, je me sentais en insécurité avec eux. Nous déambulâmes toute la nuit. Plus cette dernière avançait, plus l'inquiétude me serrait les tripes. J'avais réussi à les inviter à ne pas boire. Mon charme était puissant et j'arrivais à détourner systématiquement leur intention. Malgré tout, je ne pouvais pas rester avec eux. N'ayant pas suffisamment confiance, je n'osais pas fuir, de peur qu'ils me rattrapent.

Me prenant pour une jeune et pauvre vampire faiblarde, ils m'expliquèrent l'ensemble des capacités d'un vampire et la différence de force physique ou mentale que nous pouvions avoir entre nous. En revanche, deux choses semblaient certaines : tous se transformaient en chauve-souris sur simple invocation personnelle ou en véritable flambeau dès que la lumière du jour les touchait. Bien sûr, je ne leur révélai pas que je sortais sous le soleil, et que j'étais persuadée d'être incapable de me transformer en chauve-souris. Je le sentais au plus profond de mon nouveau métabolisme. J'appris aussi que percer le cœur des vampires les désintégrait instantanément.

L'aube commençait à les engourdir. Ils me traînèrent dans un cimetière pour s'abriter du jour. Quelle horreur ! Il était hors de question que je vienne perturber le sommeil des morts. J'invoquai une excuse bidon. Je n'eus pas besoin de les convaincre bien longtemps, leur instinct de survie leur rappelait de se mettre à l'abri. Croc Étincelant montra toute sa déception avant de disparaître.

Il fallait que je parte, et loin, car la nuit prochaine, ils risquaient de me chercher à nouveau. Je craignais maintenant vraiment pour mes différences. Il me semblait que j'avais un autre patrimoine génétique, d'autres capacités. Bien sûr, j'avais tenté de retenir tout ce qu'ils m'avaient expliqué. Il me restait de nombreuses expériences à faire pour découvrir ce que j'étais réellement.

10 – Lueur d'espoir

Je partis donc, là où le vent me poussait. Le pincement au cœur de laisser les miens derrière moi s'allégea au fil des semaines. Cependant, la colère et l'injustice s'inscrivaient profondément dans mes chairs.

J'appelais parfois le cosmos à me montrer la voie de cette nouvelle vie. En vain, aucun signe n'apparaissait.

Alors, je fuyais devant les hommes, devant le peu de vampires que je croisais. Je voyageais tous les jours, à pied, en charrette, à cheval derrière le conducteur, parfois même en voiture. Ces dernières faisaient un boucan du diable et rejetaient des vapeurs écœurantes. J'avais changé plusieurs fois de pays. Les langues s'enchaînaient sans que je les connaisse. Ça n'avait aucune importance, le sang des humains me rassasiait tous les jours. Ceux-là avaient d'autres habitudes alimentaires. J'affinais mes découvertes culinaires pour choisir un sang qui me plairait assurément.

Un jour, pendant que je traversais une forêt obscure, je sentis une drôle d'odeur de loup. J'étais par mégarde sur leur territoire, à n'en pas douter. La puanteur de leur urine à certains endroits était insoutenable. Le danger rôdait sur ces terres. Je pris mes jambes à mon cou et fuis comme à mon habitude.

Le peu de vampires que je croisais était toujours en bande. Un vampire dominant régnait systématiquement par la violence et la terreur. J'étais devenue la reine de l'invisibilité et mon pouvoir de manipulation était grand, même envers mes congénères. Je les observais un moment plus ou moins long, puis je fuyais encore. Aucun d'entre eux ne m'avait donné envie de communiquer avec lui. Je ne me reconnaissais pas dans leur façon d'être. Il me semblait qu'il fallait dominer ou subir, alors que j'avais toujours été libre.

Cette nuit-là, je découvris un campement de vampires. Je m'arrêtai plus longuement car certains parlaient français. Cela faisait tellement longtemps que je n'avais pas entendu ma langue maternelle ! Toujours cette misérable nostalgie qui m'étreignait le cœur, rongeait mes chairs. Je me dissimulai dans un arbre.

— Préparons tout avant que Dimitri revienne ! se lamentait un blondinet.

— Oui, dépêchons-nous, sinon nous allons encore morfler.

Je les observai un moment, jusqu'à ce que ce fameux Dimitri arrive avec quelques vampires et des humaines. Je fus choquée par la crainte que ce maître inspirait à ses ouailles.

— Je vous ai ramené des jouets, ricana-t-il. Vous me laissez ces trois-là.

Une dizaine de femmes, totalement hypnotisées, disparut de ma vue. Je fus effrayée par ce qui s'ensuivit. Je détournai le regard, ne pouvant rien faire, et partis au plus vite, misérable.

Je fuis encore plus loin, toujours plus loin. Je détestais leurs abus sexuels et sanguinaires. Je ne voulais pas de cela dans ma vie. Où allais-je ? Je n'en savais rien. J'attendais que le cosmos me fasse un signe.

Seule, j'étais condamnée à rester seule, écœurée de mon sort et de ceux de ma condition.

Le signe m'apparut enfin après plusieurs mois de vadrouille.

J'avais osé m'approcher d'une grande ville et de ses habitants. Ici, l'accent était rugueux et les toits se terminaient en tours colorées pointues. Je n'étais pas assez couverte. Non seulement maintenant j'avais froid, mais je souffrais de plus en plus de solitude. Cette dernière ne faisait qu'augmenter ma colère. Elle était sournoise et continuait de me ronger. Je ne m'étais arrêtée que peu de temps à chaque fois pendant mon voyage : trop souvent spectatrice de violence ou de manque de compassion, j'avais poursuivi mon chemin, espérant laisser tout ça derrière moi.

Puis je le vis. J'étais cachée dans une ruelle obscure, guettant ma prochaine proie. Il était sorti fumer une cigarette. Je n'aimais pas trop ça. En revanche, j'avais immédiatement aimé son style et les ronds de fumée qu'il s'amusait à faire avec sa bouche.

Ses cheveux châtains frisaient tant et si bien qu'ils se confondaient avec ses magnifiques rouflaquettes, descendant sur ses mâchoires. Il resplendissait d'altruisme et de sérénité. Son drôle de costume m'impressionnait tout autant. Cet homme m'attirait de bien des façons. Je voulais connaître son secret et le consommer.

Tout à coup, la porte à ses côtés s'ouvrit à la volée. Une jeune femme le héla. Elle portait une drôle de robe blanche dont le bas était constitué de plusieurs voiles transparents. J'étais horrifiée que l'on voie sa culotte qui ne faisait qu'un avec son espèce de corset. Tous les deux rigolaient à gorge déployée. Je redécouvrais la bonne humeur. Tout aussi bien ébahie qu'intriguée, je me dissimulai dans un voile d'invisibilité et entrai à leur suite.

Je m'extasiai de ce que je découvris à l'intérieur de ce bâtiment. J'apprendrais par la suite que je pénétrais dans l'opéra de Moscou. Toutes les jeunes filles portaient la même tenue. Les coulisses étaient une vraie fourmilière. J'observais ces danseuses tandis qu'elles se préparaient ; cet homme étrange et fantaisiste les suivait jusqu'aux abords de la scène. Elles entraient chacune leur tour pour participer à ce fabuleux spectacle. Leurs corps se mouvaient en harmonie avec la musique. Les figures étaient splendides. Face à la scène, les spectateurs assis souriaient ou fronçaient les sourcils en fonction des émotions véhiculées par ces danseuses.

J'étais tout aussi émerveillée par les dorures

intérieures et les balcons. L'homme découvert dans la ruelle s'occupait chaleureusement de ces jeunes filles et donnait des ordres à tour de bras afin que tout se passât pour le mieux. Ce soir-là, j'oubliai le temps, j'oubliai la faim. Je me laissai simplement porter par le bonheur de ce ballet.

Une fois les spectateurs partis et les ballerines retournées dans les coulisses, je me trouvai soudain extrêmement seule alors que je venais de connaître un moment de grâce qui m'avait rappelé ma magie perdue. Ma mère m'avait affirmé sur son lit de mort que je la retrouverais. Était-ce ce que j'avais vécu ce soir ?

Je désirais ardemment retrouver cette magie, faire ressentir toutes ces émotions à ces bonnes gens venues admirer ce spectacle. Je restais invisible à tous ces humains. Cependant, je ne perdais pas de vue l'homme aux rouflaquettes majestueuses. Son comportement me donnait confiance.

Il fut un des derniers à partir. Je le suivis jusque chez lui, m'imposant incognito. Son sourire sincère me rassérénait. Pourtant, une fois sa porte refermée, la solitude lui tomba dessus comme une masse. J'en eus les larmes aux yeux. Je reconnaissais sa douleur. C'était celle-là même qui m'emprisonnait. Ses élans de désespoir résonnaient avec les miens. Deux êtres aussi seuls pouvaient-ils s'associer pour retrouver le bonheur ?

Pourtant, il avait semblé si heureux avec ses danseuses ! Je n'entendais aucun bruit dans sa grande maison vide. Sa vie semblait être uniquement à l'opéra.

Je le suivis dans son salon cossu où il alluma enfin une lampe. Belle Rouflaquette se servit un alcool, que je devinai fort juste aux effluves qui montaient jusqu'à mes narines. Une fois sa cigarette allumée, mon hôte malgré lui éteignit et s'installa sur son canapé dans l'obscurité. Je m'assis à ses côtés. Ses pensées moroses m'envahissaient. Qu'avait-il connu pour être aussi triste ?

Je le laissais à ses sombres tourments. Le bout incandescent de sa cigarette brûlait au bout de ses doigts. Ses aspirations régulières en attisaient la combustion. En regardant autour de moi, je fus soudain convaincue que je pouvais démarrer une nouvelle vie, ici, avec lui. J'étais encore jeune. Je souhaitais apprendre à danser comme ces jeunes filles. En tournant la tête, je pris conscience que je devais ramener cet homme à la vie pour qu'il accompagne longtemps ses danseuses.

Au bout d'un certain temps, il quitta son salon, s'enfonçant dans l'obscurité de sa maison. Je me préparai pour la nuit, tout comme il le faisait, et je m'allongeai à ses côtés, toujours invisible.

Évidemment, je m'endormis profondément. Quand je me réveillai, je tombais nez à nez avec mon hôte, affolé de trouver une inconnue dans son lit. J'étais consciente qu'il y avait de quoi paniquer. Je ne comprenais rien à ce qu'il disait, mais son agitation était palpable. Je n'osais pas trop sourire, de peur qu'il découvre mes crocs. Alors, je commençai à le charmer. Nous devions faire connaissance. Nous devions apprendre à communiquer. Il en allait de notre survie à tous les deux.

C'est ainsi que ma nouvelle vie commença. Pavlin m'apprit le russe et la danse. Mes nouvelles capacités physiques me rendaient extraordinaire. Je fus bien accueillie au sein de ce corps de ballet. Je dois bien dire que mon don de manipulation, dont j'usais en permanence, me permit de m'intégrer plus vite et de faire face à bien des questions, sans y répondre.

Bien sûr, je charmais tout autant Pavlin. Nous avions vite fait connaissance. Il m'hébergeait. Nous nous étions redonné goût à la vie depuis ces quelques semaines passées ensemble.

J'avais pris tant de soin à m'entraîner que ce soir nous fêtions ma promotion. Je devenais une des meilleures danseuses. Un exploit dans la profession. Dorénavant, j'allais incarner les plus grands rôles. Je commençais par Gisèle. J'avais retrouvé le bonheur.

Pavlin avait préféré que nous fêtions cet événement tous les deux chez lui. Il n'aimait pas me partager. Mon hôte était transi d'amour pour moi. Je dois bien avouer que petit à petit, je tournais la page de mon passé. Je profitais à nouveau du présent et de ses bienfaits. J'étais de plus en plus attachée à cet homme. Bien sûr, j'avais souvent un pincement au cœur quand j'imaginais mes filles grandir loin de moi. Je laissais ces émotions dévastatrices s'exprimer sur scène quand le tragique s'invitait dans les chorégraphies.

— Viens t'installer à mes côtés, ma chère fabuleuse danseuse ! annonça Pavlin, enjoué, en tapotant le canapé.

Coupant court à une soudaine morosité, je le rejoignis, tentant de sourire sans montrer mes crocs. Nos deux verres étaient posés devant nous. Nous nous embrassâmes. J'aimais tendrement cet homme bon. Il était le meilleur qui m'était arrivé depuis ma vampirisation.

— Je te félicite ! Je n'arrête pas de répéter à mes danseuses qu'il faut travailler dur pour arriver au sommet. Tu en es le plus bel exemple, Ismérie !

Je riais devant son enthousiasme et sa fascination. Évidemment, mes capacités surnaturelles m'avaient beaucoup aidée, tout comme ces journées à enchaîner chaque petit pas et chaque figure inlassablement. De l'énergie, j'en avais à revendre, testant mes limites et les repoussant chaque jour un peu plus. La danse, la musique et la rigueur de Pavlin m'avaient redonné goût à la vie.

— Merci, mon chéri, mais tout cela est grâce à toi !

Je me nichais au creux de son cou, respirais son parfum. J'adorais son odeur et le goût de son sang.

— Tu ne bois pas ? demanda-t-il en regardant mon verre.

Ses yeux furent tout à coup troublés.

— Je ne te vois jamais boire, conclut-il, songeur.

Je haïssais ce moment. Je n'avais jamais osé me montrer sous mon vrai jour. J'avais peur d'être à nouveau rejetée. D'une pichenette mentale, je le charmai et l'invitai à danser. Je posai son verre pendant que Pavlin mettait une valse sur son gramophone. Nous dansâmes jusqu'à l'aurore dans une belle osmose. Je me galvanisais de ce nouveau bonheur partagé.

Épilogue

Trois merveilleuses décennies étaient passées. Je saluais le public m'applaudissant après ma magnifique représentation du *Lac des cygnes*. J'étais devenue l'étoile de ce corps de ballet. J'en étais même la plus vieille danseuse, même si j'avais gardé toute ma jeunesse. Il me semblait que j'étais éternelle. Pas une ride, pas un muscle distendu par les années. L'apparence de mes 28 printemps semblait ancrée pour toujours dans ma peau.

Je me galvanisais de l'ovation que les spectateurs nous offraient. C'était une des dernières pour moi. Trente ans à danser dans le même corps de ballet, cela devenait suspect. Pavlin, mon maître et compagnon depuis mon arrivée, était mon premier admirateur. L'amour que je lisais dans ses yeux, je le partageais. Ses rouflaquettes étaient aussi blanches que la canne qui le soutenait pour avancer. J'avais décidé de disparaître en même temps que lui. Je savais qu'il n'en avait plus pour longtemps. Il avait assuré ses arrières en formant un nouveau maître de ballet. J'avais refusé d'apparaître sur son testament. Je ne voulais pas laisser de trace. Ma présence imposante dans cette communauté devenait menaçante.

— Tu as encore été merveilleuse ce soir, Ismérie. Une véritable enchanteresse, m'accueillit Pavlin dans ma loge.

La rumeur d'un terrible secret enflait. Autour de moi, les regards devenaient de plus en plus suspicieux.

En rentrant, Pavlin nous servit un verre de vodka. Bien sûr, je ne le buvais toujours pas. Je continuais à le charmer afin qu'il ignore certains détails de notre vie. Heureusement, il avait abandonné la cigarette. Je n'aimais pas le goût que cela donnait à son sang. À son insu, il me nourrissait régulièrement. Je contrôlais ma consommation afin qu'il vive le plus longtemps possible. J'allais me nourrir régulièrement ailleurs. Nous avions une vie harmonieuse, je ne le trompais que peu de fois maintenant, en le charmant afin qu'il reste dans l'ignorance de ma véritable nature. Je lui avais apporté tellement de bonheur et c'était réciproque.

Je mis un disque de charleston sur le gramophone et commençai une danse endiablée sous son regard admiratif. Mes pas glissaient sur le parquet, mes hanches se balançaient. Danser était devenu une seconde nature.

— Comment fais-tu pour conserver ton éternelle jeunesse ? demanda-t-il, plein de tendresse et d'admiration.

Cette question revenait régulièrement quand il constatait nos différences alors que nous vivions ensemble depuis si longtemps. Je comprenais que cela relevait du miracle. Mais que dire ?

Pour toute réponse, je dansai jusqu'à lui et déposai un baiser sur ses lèvres pour repartir immédiatement dans l'autre sens. De l'énergie, j'en avais à revendre. J'adorais la danse, je découvrais tous les styles de musique. Lui aussi savait que j'avais un terrible secret. J'avais pensé à le vampiriser, tellement nous étions bien ensemble. Cependant, je ne savais pas comment faire. De plus, j'aurais dû lui avouer que je restais un monstre et que les mensonges avaient fait partie intégrante de notre vie. Cette simple idée m'effrayait. Je repensais à la mort de ma mère avec nostalgie. La colère gonflait aussi parfois, m'étouffant. Je restais sensible à cette dernière. La danse restait un véritable exutoire.

J'aidai Pavlin à monter et le couchai. C'était moi maintenant qui le prenais dans mes bras pour qu'il s'endorme paisiblement.

Il ne me secouait plus quand je restais endormie le matin comme une masse. Il s'était fait à mon métabolisme particulier, ne posant aucune question, savourant simplement cette osmose qui nous liait.

Ce matin-là, c'est lui qui ne se réveilla pas. Je restai longtemps à pleurer sur son lit de mort. J'enregistrai tous ces moments heureux. Mon cher Pavlin m'avait éveillée à la vie. Grâce à lui, j'avais tourné la page. Je m'étais dépassée. J'avais trouvé le moyen de faire à nouveau le bien autour de moi.

Je restai le temps de ses obsèques. J'avais mûrement réfléchi ma disparition. Je guettais les morts à l'hôpital. Il me fallait une femme rousse. Le cosmos exauça rapidement mon vœu. Je la découvris, à la morgue, mêlée à une histoire d'accident de voiture. Elle s'était fait renverser.

Je la ramenai de nuit, enfermée dans une malle. J'avais donné un bon pourboire au chauffeur de taxi. Avant qu'il parte, j'avais passé ma main sur ses yeux pour qu'il oublie cette course.

Mon bagage était prêt. J'installai cette femme dans la cuisine, mis le feu et partis, sans un regard en arrière.

Mon temps ici était terminé. Mes notions de géographie étaient plus consistantes. J'avais amassé suffisamment d'argent pour voyager confortablement et démarrer une nouvelle vie. J'avais maintenant une bonne connaissance de mes capacités de vampire. Pas aussi forte physiquement que mes congénères, je maîtrisais mes capacités mentales à la perfection et elles étaient grandes. Je disparaissais des radars humains ou de vampires à volonté. La fuite restait ma principale stratégie.

J'avais continué à me cacher des vampires. Ceux que j'avais à nouveau croisés ne m'avaient inspiré que peu de confiance. Et puis, j'avais été tellement bien avec Pavlin que j'aurais refusé de le quitter.

Je traversai à nouveau l'Europe. Je me rapprochais de la France, même si je n'étais pas encore prête à y remettre les pieds. Je trouverais bien un nouvel endroit où me poser quelque temps. J'attendais à nouveau un signe. Ce dernier vint, bien plus tard, sous la forme d'une lettre, bousculant complètement ma vie devenue d'une routine mortelle.

Découvrez la suite des aventures d'Ismérie

dans la saga *Sangs éternels,*

disponible dans les librairies ou sur Amazon.

http://www.amazon.fr « Florencebarnaud »

Vous avez aimé ?

1- Vous souhaitez faire découvrir cette histoire ? Publiez un commentaire dans les boutiques en ligne, en vous rendant, par exemple, sur ma page auteur :
http://www.amazon.fr
« Florencebarnaud »

2- Inscrivez-vous à ma newsletter pour être informé de mes publications et recevoir gratuitement les premiers chapitres de mon prochain roman :
http://www.florencebarnaud.com/

3- Retrouvez-moi...
Mon site :
http://www.florencebarnaud.com/

Facebook :
https://www.facebook.com/FlorenceBarnaudRomanciere/

Instagram :
https://www.instagram.com/florence_barnaud/

par e-mail : florence.barnaud@gmail.com

Remerciements

Merci de m'avoir lue. Cette première nouvelle agrandit l'univers de *Sangs éternels*. Tout comme Ismérie, j'étais nostalgique quand je repensais à cette première saga, celle avec laquelle toute mon aventure livresque a démarré. Alors, il est devenu évident que je devais vous raconter la vampirisation de mes premiers personnages. Léo, puis Eiirin suivront... Si vous ne les connaissez pas, vous pouvez les découvrir dans *Sangs éternels* aux côtés d'Ismérie.

Merci, le groupe du Chat de l'Écrivain. C'est un vrai plaisir de se retrouver pour écrire tous les après-midi, partageant nos énergies, nos GIF. Ce groupe est un formidable compagnon de tous les jours. Merci, Caroline Vermalle, d'avoir créé cette formidable osmose.

Merci, Ingrid, d'avoir osé me lire à la fin de chaque chapitre. Ce premier avis est très important pour moi et un moyen sûr de savoir si j'embarque le lecteur avec moi dès les premières pages. Grâce à toi, Ingrid, je fais déjà une deuxième écriture très embellie.

Merci à mon comité de lecture, Aurélie, Ludivine, Samantha, Florence. J'attends toujours vos retours avec autant d'impatience. Merci pour vos partages.

Merci, Laurent, toujours fidèle dans ma relecture. Toi qui n'aimais pas lire et encore moins la fantasy, voilà que tu as relu avec beaucoup d'attention et griffonné ton neuvième roman. Bravo.

Merci à toutes celles et tous ceux qui me soutiennent par leurs partages, leurs chroniques, leurs messages, leurs commentaires. Je suis toujours très touchée par votre investissement. Il est tellement important pour donner vie à mes histoires.

Et vous, lectrices, lecteurs, merci de me découvrir ou de me lire depuis le début. Vous avez un rôle à jouer. Bienvenue dans mon monde. Pour me soutenir si vous avez aimé, laissez-moi un petit commentaire dans la boutique en ligne. Bien à vous.

Biographie

Tel le chat, Florence Barnaud a eu plusieurs vies. Leurs empreintes cheminent dans ses histoires. Suivez la flamme qui l'anime et guide sa plume pour vous transporter vers d'autres univers, riches d'émotions, de suspense et d'humour.

De la même autrice :
Sangs éternels, Tome 1 – La Reconnaissance
Sangs éternels, Tome 2 – L'éveil
Sangs éternels, Tome 3 – La Loi du sang
Sangs éternels, Tome 4 – La Troublante Fascination
Sangs éternels, Tome 5 – La Traque
Sangs éternels, l'intégrale (format numérique uniquement)

Aux origines de Sangs éternels *– Ismérie*
Aux origines de Sangs éternels *– Léo* (à venir)
Aux origines de Sangs éternels *– Eiirin* (à venir)

Combats enflammés, Tome 1 – Rendez-vous explosif
Combats enflammés, Tome 2 – Choisis ton combat
Combats enflammés, Tome 3 – Feu sacré

Table des matières

1 – La vie est belle..................7
2 – Soif de sang 17
3 – Difficile moisson..................27
4 – Magie maléfique 37
5 – Vengeance malsaine..................46
6 – À bas la bête 55
7 – Prière mortelle..................66
8 – Rencontre surnaturelle..................76
9 – Toujours plus loin 86
10 – Lueur d'espoir 95
Épilogue 104
Vous avez aimé ? 109
Remerciements 111
Biographie 113

Une saga originale, de la bit lit comme vous n'en avez jamais lu !

Une vampire-sorcière solitaire. Une étrange maladie. Et si les vampires protégeaient les humains.

"Mon nom est Ismérie, je suis plutôt une vampire ratée. Le vampire qui m'a bue n'a pas senti que j'étais une sorcière. Cela lui a été fatal et moi je me suis découvert des dons très particuliers.

Ça m'a compliqué la vie et j'ai dû surmonter beaucoup d'épreuves. Du coup, je suis solitaire, c'est plus simple.

Mais voilà que ma routine devient mortelle et que l'on me propose un emploi à Paris pour une mission obscure : une étrange maladie condamne les vampires jusque-là immortels.

Et là, un événement va tout précipiter et bouleverser ma vie".

Ismérie va devoir faire face à un univers machiavélique et gagner la reconnaissance de ses congénères.

Si vous aimez les univers riches en émotions, les aventures rocambolesques, accompagnés de pouvoirs magiques, d'un brin d'humour et de personnages charismatiques, cette saga est faite pour vous.

Embarquez dès maintenant pour le premier tome de Sangs Éternels.

Les blogs de lecture en parlent...

« Une lecture captivante que j'ai beaucoup appréciée.. Un monde dans lequel humains et vampires cohabitent mais qui n'est pas sans danger, une héroïne attachante et une histoire étonnante. Un excellent moment de lecture ! »
*****Et tu lis encore Emma«

Je dois avouer avoir dévoré littéralement ce roman. A peine ai-je commencé que je ne pouvais plus m'arrêter. J'ai adoré, j'ai aimé. En fait c'est compliqué de mettre des mots précis sur mon sentiment. Je suis sur un petit nuage. »
*****Labibliogirly

« La couverture attire déjà les regards tant elle est magnifique. Le résumé est accrocheur et prometteur. L'auteur dépasse bien largement les promesses faites par le résumé. »
*****L'Âme des Mots

« Et bien à peine les premières lignes de lu je me suis plongé dans ce livre avec délectation. J'ai adoré l'intrigue et je me suis laissé emporter dans cette aventure au milieu de ses vampires. »
*****LES-BROUTILLES-DE-NANOU

« L'histoire est prenante, les personnages sont bien développés et j'ai aimé découvrir le passé compliqué et chargé d'émotions d'Ismérie. »
*****Les histoires de Solène

« L'histoire que j'ai découverte m'a beaucoup plu, j'ai de suite été captivé par Ismerie, cette jeune femme aux différents pouvoirs que je n'avais encore jamais rencontré dans mes précédentes lectures de ce genre de roman. »
*****LES MILLE ET UNE PAGES DE LM

« Ce que j'ai aimé particulièrement c'est d'avancer avec Ismérie et son emploi-aventure cauchemardesque. Ce premier tome m'a laisser bête et sur le cul. »
*****Mllejustinelit

« Depuis la mode Twilight, on en a vu défiler des livres sur les vampires, et il devient de plus en plus difficile pour les auteurs du genre de tirer leur épingle du jeu. Avec cette histoire, Florence BARNAUD réussi à nous offrir une nouvelle vision du vampire. »
*****Sous Ma Plume